内蒙古自治区科右前旗人民医院 ICU 全体人员合影

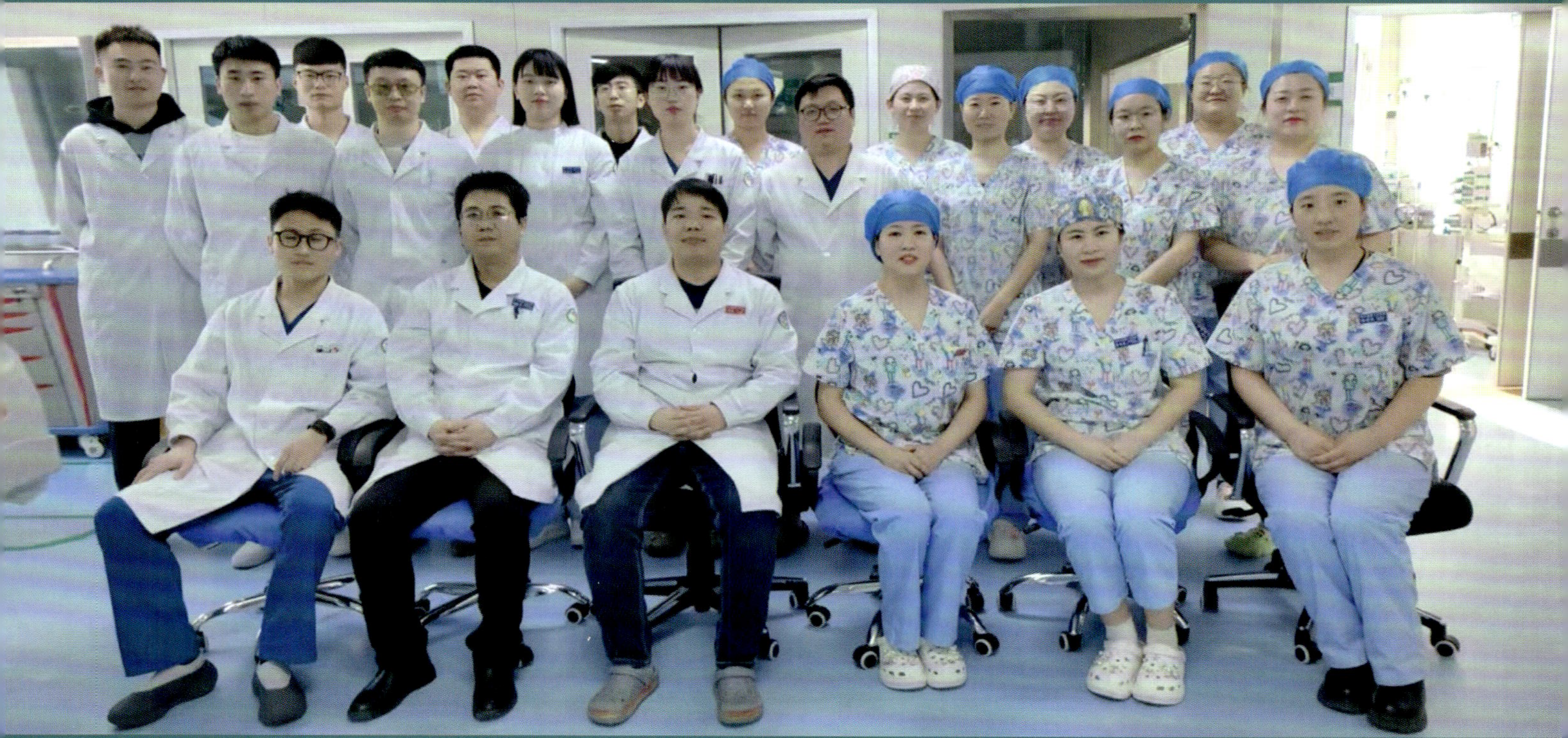

郭凯　孙国雷

金林　刘金龙　[illegible]　陈[illegible]

徐长风　鲍晓楠　[illegible]娜

王[illegible]平　雷蕾娜

李爽　[illegible]　[illegible]

陈建　[illegible]

[illegible]　[illegible]　[illegible]

[illegible]　张佳佳

温丽娜

员合影

王毅　王蕊

敏

卞　罗朋新　梁政

平　徐天皓　李阳甫

康玲玉　李逸纯

青华　欧阳晴漠　王玲

勇　王倪　王紫瑶

蔡楠　李俊杰

日　李川超

庞昊

人生难得
你很值得

一位 ICU 医生的病房手记

徐庆杰　著

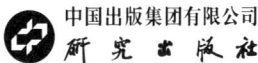

中国出版集团有限公司
研究出版社

图书在版编目（CIP）数据

人生难得 你很值得：一位 ICU 医生的病房手记 / 徐庆杰著 . -- 北京 : 研究出版社 , 2023.4

ISBN 978-7-5199-1468-4

Ⅰ . ①人… Ⅱ . ①徐… Ⅲ . ①故事－作品集－中国－当代 Ⅳ . ① I247.81

中国版本图书馆 CIP 数据核字 (2023) 第 068416 号

出 品 人：赵卜慧
出版统筹：丁 波
责任编辑：张 琨
助理编辑：于孟溪

人生难得 你很值得：一位 ICU 医生的病房手记
RENSHENGNANDE NIHENZHIDE:YIWEI ICU YISHENGDE BINGFANG SHOUJI
徐庆杰 著
研究出版社 出版发行
（100006 北京市东城区灯市口大街 100 号华腾商务楼）
北京隆昌伟业印刷有限公司 新华书店经销
2023 年 5 月第 1 版 2023 年 5 月第 1 次印刷
开本：880 毫米 ×1230 毫米 1/32 印张：7.5
字数：120 千字
ISBN 978-7-5199-1468-4 定价：46.00 元
电话 010-64217619 64217652（发行部）

目　录

序言一　　薛晓艳　i
序言二　　马　丹　vii

第一章　请好好活下去

姑娘，请珍爱自己　003
小伙子，未来的路还很长　011
大叔，请少喝点酒　020
请好好活下去　034

第二章　首先爱自己

如果能早点来医院，也许会有不一样的结局　039
家里的活儿重要，生命更重要　045
只是打个疫苗而已啊　053
“我只是想让他爱我。”　058
首先爱自己　066

第三章 爱，无处不在
“你们把他照顾得太好了！” 073
对她的要求，他永远都回答：“好的。” 079
在他眼中，她永远是最美丽的 085
“妈妈，你为什么要去采核酸？” 091
爱，无处不在 098

第四章 给生命一个拥抱
“我的命是你们给的。” 105
“妈妈，请你看我一眼。” 114
“我只是想见您最后一面。” 119
父母在，人生尚有来处 123
给生命一个拥抱 130

第五章 承受生命之重
“医生，他还能活吗？” 135
“医生，我们不治了。” 141
“我们还想再搏一把。” 147
重视身体发出的每一个信号 153
承受生命之重 164

第六章　勇敢地告别
“我想再喝杯奶茶。” 169
“我们不想让他再受罪了。” 173
“多活一天就是赚一天。” 181
勇敢地告别 187

后记一　感谢生命 193
后记二　怀念爷爷、奶奶、姥爷和姥姥 203
后记三　写给女儿 215

序言一

每一个生命都有故事，每一个生命都是传奇。

生命不仅有长度，还有厚度。在短短的人生中，我们会经历很多，有幸福、快乐，有痛苦、悲伤，有波折、坦途，但是不论有什么，都是我们人生必然经历的过程，怎么度过每一个情绪阶段取决于我们自己的心境和态度。

每个人都会思考人生目的是什么，也都在探索人的一生究竟应该怎样度过。所以保尔· 柯察金的名言曾经是我的座右铭。

我是一名有着近 30 年临床经验的医生，是徐庆杰医生的前辈、老师。我和徐医生结识在 15 年前，她在北京大学人民医院进行住院医师规范化培训期间，曾在我所管理的监护病区轮转。从那时起，徐医生在工作上一直兢兢业业、踏实肯干、任劳任怨。这么多年，我欣喜地看到她一直在成长。她总说我是她的榜样，能让她学习到很多。三年前，因为共同的理想和情怀，她加入我的团队与我一起并肩作战，我尽我所能把从医近30年的知识和经验传授给她和我的团队，带领大家一起攻克了一个又一个难关（疑难危重症），让无数生命能够在我们手中鲜活。现在我们这支团队人人能打硬仗，人人坚不可摧！

徐医生从踏入医学院校至今已有20多年，始终工作在急诊和ICU一线，那里见证着病人最危急的时刻，也是最接近生命出发和终点的地方。所以，她在ICU工作对生命会有更多的感悟和理解。她对待工作认真负责，对于我每一次的查房、教学都认真对待，并能将理论运用到实践，对待患者及家属耐心细致。特别是在内蒙古帮扶期间，徐医生为京蒙帮扶工作做出了很大的贡献，她将首都ICU先进的治疗理念和技术带到了基层医院，大大提升了当地医院的诊疗水平。在这个过程中，她不仅以专业的医疗技能拯救了病人的生命，更了解到每位病人及其家庭的真实故事，了解到隐藏在每个生命背后的故事。徐医生对于ICU工作的理解既有广度又有深度，用她自己的话说：“ICU 是一个勇敢面对疾病、生死时速的地方，是见证人性和爱的地方，也是一个勇敢与这个世界告别的地方。”一直以来，她都希望自己能成为一位有温度、有情怀的 ICU 医生，并在这条道路上一直努力着！其实这也是我们共同追求的理想，正是有我们这样一群有理想、有情怀的 ICU 人，才能在治病救人这条道路上勇往直前！

徐医生是我们这个优秀团队的一个缩影，她在《人生难得　你很值得》这本书中用自己的文字记录了在工作中的所见、所闻、所感和所思，也从另外一个角度记录了我们 ICU 工作的日常。这些有关生命的故事，也许每天都在发生着，也是你、我身边的故事，告诉人们要珍惜生命、珍爱自己，有了健康的身体，才能感受生命的绚烂和美丽。近三年来，新冠疫情以横扫之势侵袭我们的身体，免疫力强的中青年尚能够抵挡，而对有基础疾病的老年人，就是致命的打击。此次的疫情也向我们发出警示：爱惜身体、远离疾病，从平时做起。《人生难得　你很值得》的最后一章讲到每个人都会面对死亡，虽然我们一直忌讳谈论这个话题，但是从出生这一刻起，死亡就一直站在那里。当真正面对它的时候，我们虽然做不到像庄子的“鼓盆而歌”，但却能做到放下与释然，遵循科学规律，顺应生死，勇敢地与这个世界告别。当ICU患者沉重的呼吸声一点一点减弱，当曾经的苦痛化作释怀后的云淡风轻，生命在新旧交替中延续，灵魂也会在亲人的关爱与怀念中驻足，永不离去！

这本书凝结了以徐医生为代表的医护人员对人生的思考，无处不透露出我们对生命的尊重和敬畏、对医学事业的热爱以及对病人无微不至的关怀。从书中我们看到了医护人员的仁爱之心，看到了他们为保护人民生命健康做出的奉献和牺牲，将带领读者一窥医生这一伟大神圣职业背后、温柔的内心和丰富的情感。徐医生将这些真实的经历以故事的形式分享给读者，希望在生命旅程中，每个人都能珍爱生命、珍爱健康并珍惜爱和缘分，这样在生命的终点就可以不遗留遗憾，坦然面对。

本书文风自然质朴，故事性强，在娓娓道来的讲述中，传递着深刻的生命哲理。我们也许一直在思考，什么是真正的爱——对生命的爱，对亲人的爱，对病患的爱。作为医护人员，我们会尽全力挽救生命，保持对生命的爱和尊重。与此同时，我们祝愿每个生命都能被关怀，不仅能美丽地活过，而且能庄严地谢幕！

薛晓艳

航天中心医院重症科主任、

硕士研究生导师，国务院特殊津贴专家

序言二

关于生命的话题沉重而庄严。

关于生命的哲学神秘而深邃。

生命似乎很漫长，却又很短暂，我们一直在追问生命到底是什么，也一直在寻找人生的意义和价值。

人生是一条单行线，就像中国象棋中的“卒”，只能勇往直前，无法后退。因此，怎么活出有意义的人生，我想热爱生命、保持健康是有意义人生的第一步。

《人生难得　你很值得》正是一本有关生命思考的书籍。

徐医生从 2022 年 8 月份来到内蒙古科右前旗人民医院进行为期 3 个月的京蒙帮扶工作。我们科右前旗气候寒冷，加上内蒙人民个性豪爽，喝酒的人很多，平时也不太注重身体的养护，每年冬季都是脑血管的高发季节，而且病人发病的年纪普遍偏轻。因为地域、经济及其他多种客观因素，患者放弃治疗的也比较多。对于这些，徐医生在她的书中都有很细腻的描写。徐医生在书中说，科右前旗是她写作的灵感源头，在这里才完成了此书的撰写。她感谢科右前旗宽广的土地、感谢科右前旗热情的父老乡亲，感谢科右前旗医院的所有工作人员，尤其是她在ICU的同事们。但是我觉得徐医生带给我们的要更多，不仅是专业知识的提升，更有对自己职业的热爱，对生命的尊重和思考。她的认真、严谨和努力都给我们留下了深刻的印象，她对生命的尊重和敬畏值得我们每一个人学习。

徐医生不远千里来到内蒙古，甚至放下嗷嗷待哺的孩子来到我们这里，就是为了让我们医院ICU的知识和技术能够更上一个新台阶。我们十分敬重徐医生，尽我们所能提供日常生活所需，提供工作之便，尽力减轻她的思乡之苦，希望她在科右前旗人民医院能够愉快工作、开心生活。徐医生的帮扶工作虽然结束了，但是她编写的《重症监护操作和技术》及《重症医学科诊疗常规》却永远留在了我们科右前旗医院的ICU。感谢徐医生的辛苦付出，感谢航天中心医院对我们的帮助。就像徐医生在书中所说的一样，我们要“相信种子、相信岁月”。我们坚信，科右前旗人民医院一定会越来越好！

在这本书中，徐医生直面自己的内心深处，真实记录并分享了她多年来临床工作中的所见、所感、所悟和所思，用饱满而真挚的笔调记录了一系列温暖的小故事，有些故事就真实地发生在我们医院，发生在科右前旗的大地上。她通过回顾这些生命背后的故事，用来提醒人们尊重生命、珍爱生命、热爱生命，每每读到这些故事，我无不动容，有感于生命的坚强和脆弱，值得我们每一个人珍惜。她的这本《人生难得　你很值得》也让我们对生命进行了重新的思考和定位，给每个人上了一堂有关生命的课。在全书的最后一章，徐医生将生命尽头的勇敢展示在读者面前，希望引发我们每个人对生命最后的敬重和敬畏，对生命谢幕的勇敢和无畏。也许只有深切地理解“死”之必然，才能真正懂得和珍惜“生”之愉悦吧！

纪念遇见的生命，思考生命的真相。本书无处不显现着我们医护人员敬佑生命之心、仁爱之心和仁术之心，并将带领广大读者感触医生似乎“冰冷”的外表背后，那一颗颗温暖和柔软的心，那一颗颗在疾病面前不能表露的、沸腾的心。我们也看到医护人员为保护人民健康做出的奉献和无怨无悔。我们和徐医生一样，希望在一生的旅程中，每个人都能珍爱生命、珍爱健康。在生命尽头时的回忆，是安详、是爱、是怀念。当亲人的生命不可避免地走向尽头时，希望我们能够拥抱他们，并给予温暖的祝福。

徐医生的文笔细腻，感人至深。她的这本《人生难得　你很值得》再次提醒我们这些医务工作者要始终保持对生命的尊重和敬畏，始终保持救死扶伤的初心，践行人间大爱的理想。我也希望这本书能引发全社会对生命健康的重视，对患者的关爱，对生命的坦然和释怀。

马丹
内蒙古科右前旗人民医院院长

第一章

请好好活下去

每个生命都是哭着来到这个世界的，说明体验生命的过程不是一帆风顺的，可能伴随着痛苦；而迎接生命的人却是满含笑意的，说明生命的过程也会充满快乐。所以，痛并快乐着也许就是生命的主旋律。

姑娘，请珍爱自己

我在医院里见过很多爱情至上的姑娘，为了爱情可以不顾一切、抛开一切，但最后的结果往往是自己受伤。其实爱情并不是生命的全部，充其量只是生活的小点缀而已，而且真正的爱情一定是双向奔赴的，任何事情都没有生命宝贵。所以姑娘们，请好好爱惜自己。

（1）

一个 20 多岁的姑娘，在妈妈的陪同下来到医院。姑娘看起来文文静静的、有点羞涩，虽然长得挺好看的，但她脸色苍白，一双大眼睛空空洞洞、没有一丝光亮，一副生无可恋的模样。她妈妈叙述病情的时候，她在一旁不停地恶心。妈妈说：“她吃药了，但不知道吃的是什么，没有标签的空药瓶在旁边，也不知道吃了多少，问她也不说话，就一直在哭。”我们先是给她催吐，看到有一些白色的泡沫样东西吐出来了，因为不知道是什么药物及具体剂量，于是建议洗胃。姑娘开始的时候十分抗拒，坚决不洗胃，后来在妈妈晓之以理、动之以情的劝说下，她才勉强同意了。

就在粗粗的洗胃管进入她口腔的那一刻，她和她的妈妈都流下了眼泪。护士在旁边不断地安慰着，妈妈含着泪，娓娓道出了事情的来龙去脉。姑娘的爸爸妈妈在她很小的时候就离婚了，尽管妈妈对她照顾得无微不至，她跟妈妈的感情也很好，但是她很渴望爸爸的陪伴，她以为父母离婚是因为爸爸不喜欢她，于是她努力学习，希望可以让爸爸看到，更希望能让爸爸喜欢。在她的勤奋及努力下，她如愿地考上了大学。就在大学期间，一个男孩儿走进了她的生活。在她眼里，男孩儿温暖、阳光，对她呵护有加，她得到了从小没有得到的来自男性的关爱，她觉得自己是这个世界上最幸福的人。可是好景不长，两人开始频繁吵架，分分合合、合合分分，心累了、情伤了，爱淡了，自然也就散了。但是姑娘无法接受这样的现实，她像疯了一样找男孩儿复合，但是男孩儿的冷漠让她陷入了无尽的深渊，她很无助，想逃离这个世界，逃离无法言说的、深入骨髓的悲痛，于是就选择了这样一种方式，希望结束这一切。

我们都被震撼到了，这又是一起为情所困的事件。之所以说“又”，是因为这样的事情太多了。然而，我唯独对这个姑娘印象深刻，是因为她是那种看起来特别乖的女孩儿——安静、平和，从表面上看不到一丝波澜，但内心却暗流涌动。当时在场的医护人员无不动容，有的还悄悄落泪了，她的妈妈更是悲痛欲绝。随着洗胃时间的延长，大量泡沫样东西不断被洗出，看来她吃了不少，幸好送来得及时，否则就真有生命危险了。在整个过程中，她明显表现得很痛苦，眼泪不断涌出，可能有身体上的痛苦，更有心灵上的折磨。因为担心有部分药物已经被吸收，通过洗胃也不能彻底清除残留物，因此还需要再观察，洗胃结束后姑娘住进了病房。

两天后再看到姑娘，她恢复得很好，脸上也明显有了笑容。这两天，妈妈不断地开导她，医护人员也跟她亲切地聊天，她似乎已经从那段悲伤的情感中走了出来，觉得生活又有了希望。

（2）

记得某一天，我在急诊出诊，当时病人特别多，每位医生都很忙。这时听到一阵高喊："大夫，我女儿肚子疼得要命，快来救救她！"穿过众多身影的缝隙，我看到一个小姑娘，面色苍白，双手捂着肚子，额头上渗出豆大的汗珠，表情十分痛苦。小姑娘看起来并不大，估计可能还在上高中吧，旁边搀扶着她的人就是她妈妈。妈妈说她今天突然肚子疼，而且疼得非常厉害，前一阵都好好的，除了肚子疼没有其他难受的地方。然后妈妈接着说："她平时吃饭很有规律，最近几个月也不知道怎么回事，就爱吃辣的，特别是路边小摊儿上的麻辣烫之类的，肯定是吃坏肚子了。大夫，您给开点止疼的、消炎的药就行了。"再看小姑娘，已经疼得说不出话，豆大的汗珠已经吧嗒吧嗒地落下。于是我赶紧让小姑娘平躺在床上，一摸肚子，似乎觉得不太对劲，腹部鼓鼓的，有点硬。按照惯例，对年轻女孩儿都要问月经史，女孩儿说不记得了，因为平时月经就很不规律。于是除了常规化验检查外，还多查了个尿 HCG。她妈妈还满脸不乐意：就一个肚子疼还开这么多检查，医院真是花钱多啊。

尿 HCG 的结果很快出来了：阳性。我们立即联系了产科，随后跟她妈妈说小姑娘怀孕了。她妈妈一下子愣住了，嘴张了张没有说出话，几秒钟后开始高声尖叫："你们是不是查错了，我女儿那么乖，怎么会发生这样的事情？"然后又跑去找女儿，开始对女儿破口大骂，随后变成斥责，最后转为哭泣。在她妈妈的哭声中，小姑娘被紧急推进产科住院治疗。

后来经过完善相关检查后，小姑娘被诊断为"宫外孕"，幸亏送来医院还算及时，如果出现大出血，后果就很难预料了。小姑娘在念高二，平时妈妈对她要求特别严格，而她也从不敢忤逆妈妈。妈妈逢人就夸："我女儿乖得很，从来不让我操心。"但是小姑娘心里有很多委屈，缺乏安全感、缺乏爱，她试图从别人那里索取自己渴望和缺失的爱。这时她的生活中出现了一个温暖的男孩儿，她去图书馆，男孩儿帮她占座位，她去食堂，男孩儿帮她打饭，她感冒了，男孩儿给她买药，这些让她感觉生命里有了阳光，感觉这就是她渴求的关爱。单纯的少女以为得到了爱，却不知道一脚已经踏进了黑暗。从进入医院，她“所爱的男孩儿”就消失得无影无踪。她还小，还不明白，其实任何人的爱都没有母爱那么纯粹、那么博大、那么宽容，我们相信她的妈妈一定是爱她的，但可能表达方式及沟通方面不太妥帖，以致母女二人从未敞开心扉，深入交流。

我们人类有时候很奇怪，明明彼此牵挂，相互关爱，有时却在不经意间伤害了对方。在她住院期间，母女俩终于敞开了心扉，进行了有效的沟通并达成和解。出院时妈妈很高兴，女儿也很开心。相信在以后的人生道路上，她们的关系会越来越好，女儿也会越来越优秀！

（3）

在妇科轮转期间，我们常常感叹：现在的小姑娘怎么这么不爱惜自己呢？后来发现是因为她们在恋爱中根本不懂得保护自己，以为就像电视上演的、就像听别人说的那样，没有什么大不了的，两个人好就在一起，不好就分开呗。可是一旦有意外发生，可能真的就追悔莫及了！

有个姑娘，高高瘦瘦的，年纪在 20 岁左右。她拿着别人的就诊卡（不是医保卡）去看病，就诊卡上人的年龄是 48 岁。我们问她多大了，为什么不用自己的名字，她说她 18 岁，没有就诊卡，还说反正也是自费无所谓吧。因为她只查个妇科超声，我们也就没有过多纠结。超声结果出来了：卵巢硬化。我的带教老师是一位医院返聘的已经退休的老专家，她惊愕地看着这个姑娘："卵巢硬化啊，姑娘。"姑娘面无表情："大夫，很严重吗？""当然，会影响到你以后生孩子的，还会加速衰老。""哦，我知道了。"然后姑娘逃跑似的离开了诊室。老师看着她的背影，无奈地摇摇头说："看来医学普及太重要了。"

还有一位宫颈撕裂的大姐来医院复查，老师说："你这撕裂得很严重啊，怎么那么不小心呢？这多危险，也很痛苦啊。"大姐很害羞地说："很长时间没有见面了，也没有太注意。"还说当时流了好多血，她都吓傻了，后来到医院紧急做了手术。老师对她进行了一番教导和劝慰，她走后，老师对我们说："不管在任何时候、任何情况下，什么都没有生命重要，一定要珍爱自己、好好保护自己，在这个世界上，除了生与死，其他都是小事儿。"直到现在，我依然记得老师语重心长的话。

我想说，生命是极其珍贵的，不要为了不相干的人去消耗自己的生命。除了亲人，没有人会为你难过，你所做的事情只会成为别人茶余饭后的谈资。所以好好爱自己，不要拿性命去当赌注、不要拿生命开玩笑，你的生命不仅仅属于你自己，还属于所有爱你的人和你爱的人。

生命是严肃的，死亡是庄严的。所以，亲爱的姑娘们，你们的人生路还有很长，自信、勇敢而坚定地走下去吧！

小伙子，未来的路还很长

生病的原因有很多，有些是意外因素，有些是患者平时不太重视自己的身体健康。无论是什么原因，我都会奉劝患者积极配合治疗，好好活下去，特别是那些年轻的患者。不仅因为他们的路还很长，更是因为他们还有一份“上有老，下有小”的责任和担当。

（4）

有位 28 岁的小伙子因为颈椎外伤入院，诊断结果是：颈髓损伤。他的肢体不能活动，乳头平面以下感觉丧失，医学术语叫作截瘫，基本上处于瘫痪的状态。虽然做了手术，但术后他的感觉和运动并没有明显好转，可能还需要很长一段时间的康复训练。小伙子虽然身体不能动、没有感觉，但是神志很清醒，开始住院的时候每天话都很多，时不时地还跟护士打趣，妻子来看他时，他还表现得很开心。随着住院时间的延长，他就变得不爱说话了，妻子再来看他，他就开始谩骂妻子。妻子在他面前要假装坚强、不能露出任何不快，但是妻子也觉得很委屈，探视结束后总是在科室门口默默流泪。

这个小伙子是个外卖员，晚上送外卖的时候，可能因为着急没有注意到交通信号灯，又或者抱着侥幸的心理觉得晚上车不多，就闯了红灯。意外总是发生在我们感觉不会有意外的时候。在他闯红灯时，恰巧有辆车驶过，于是车祸发生了。他有两个孩子，老大是五岁的男孩儿，在老家跟着爷爷奶奶生活；老二是女孩儿，四个半月大，跟着爸爸妈妈在外地。每次妻子来看他，都抱着这个小女孩儿来，小女孩儿很可爱，可是我们发现她的头型有些偏。以前老人总是讲小孩子睡觉要注意体位，要不睡得脑型偏了不好看。这个小女孩儿的头型偏，估计是妈妈没有特别注意，或者没有时间注意吧。护士姐姐逗她，她咯咯笑着，对她来说这个世界是美好而新奇的，不知道她长大以后会是什么样呢？

我在同情这个小伙子的同时，内心也有几分悲凉。如果他不闯红灯，这场交通事故就可以避免，但是现在发生了这样的事情，他接下来的生活该怎么办？上有年迈的父母，下有两个幼小的孩子，生活的重担他该怎么去扛？他还能如何去扛？他的沉默和对妻子的攻击，也许是精神上的一种宣泄，可能他知道自己不会完全康复，甚至可能永远这样瘫痪下去。他的精神受到了严重打击，虽然没有生命危险，但是这样的人生又有什么意义呢？所以，他开始消沉。其实有时候心灵的创伤比身体的创伤更沉重，就像震后灾区重建一样，重建的不仅是完整的身体，更是心灵的家园！

我们也经常能从影视作品中看到类似的事件和场景，有人不能接受现实选择自杀；有人不想拖累家人，选择故意伤害家人，让他们彻底伤心，最终放弃自己；还有人能从阴影中走出来，接纳自己，并重新选择不一样的生活。我们希望小伙子是最后一种人，经过一段沉重的思考和对生命的感悟后，能以一种乐观、积极的心态面对生活，以一个全新的面貌好好活着。

（5）

这位患者也是一个小伙子，32 岁，因为酒后骑摩托车摔伤而入院。他的诊断结果是：蛛网膜下腔出血、肋骨骨折、肾挫伤。住院后询问病史，他已经记不清喝了多少酒，骑摩托车摔倒的过程也已经忘记了，这可能就是我们平常说的“断片儿”吧。万幸的是，他虽然受了这么多伤，但还不算严重，并不需要更进一步的外科干预及处理，心率、血压、氧合等生命体征也稳定，但要随时观察病情变化，以防迟发性的脏器损伤发生。

我问他为什么喝酒还骑摩托车，他说跟媳妇儿生气了，他一气之下就跑到外面去喝酒，越想越生气，越生气就喝得越多。所以最后，他根本不知道自己到底是怎么骑上车的。

在 ICU 观察两天后，他的生命体征没有发生大的变化，各项检查及化验指标也都明显好转，于是转到了普通病房继续治疗。可以说他是幸运的，没出现威胁生命的问题，治疗加休养后就会好转，可是这次幸运不代表他能永远幸运。临走时，我们还跟他说："到普通病房好好养着，以后生气了别喝酒，也别开车，想开车就不要喝酒了。"他咧咧嘴笑笑："以后不吵架、也不生气了。"

希望他真的能记住这次教训，记住这次住院的经历，少吵架、少喝酒。其实家不是讲道理的地方，只要有爱、有感情就好了。

（6）

有一个 34 岁"脑干出血"的小伙子，他身材魁梧、体形肥胖，躺在床上得需要好几个护士协同才能给他翻身。他平时就血压高、血脂高，但从来不在意，吃饭不忌口——尤其爱吃重口味的食物。家属说他就爱吃肉，一顿能吃一碗，让他减减肥吧，他却说不能让嘴亏着。平时也不监测血压，有时候觉得头痛了就吃点降压药，不头痛就不吃了，让他测血压，他说那么麻烦干啥，反正也死不了。而且他也不知道听谁说的：总吃药不好，会对身体造成伤害，而且吃了就不能停了。所以他内心很害怕和抗拒吃药，也总觉得自己年轻力壮，没啥大事。

直到有一天早上，他本该早早起床去地里干活儿，但是都 8 点了他还没起来，媳妇儿去叫他起床，结果发现怎么叫也叫不醒了，媳妇儿急得不行，赶紧就送来了医院。完善头颅 CT 检查后确诊是脑干出血，因为无法手术，而且生命体征不稳定就住到了 ICU 病房。他患有严重的高血压，而且一刺激血压就会高得离谱，收缩压能达到 200mmHg，在临床上可以评定为 3 级高血压、极高危。虽然用了 3 种降压药来控制血压，但效果仍不理想，而且血压波动很大，一会儿高上去、一会儿又降下来，很不稳定。此外，他的神志情况也没有好转，仍然处于昏迷状态，24 小时后复查的头颅 CT 显示：出血量又增多了。

我们很关注这个病人，因为他很年轻，是家里的顶梁柱。我们希望能全力救治他，所以紧紧地盯着他的生命体征及神志变化，盯着他的治疗反应。希望他给我们时间，让我们能拉他一把，帮助他闯过这一关。但很遗憾的是，治疗了 3 天后，没有看到明显好转的迹象，家属决定放弃治疗，带他回家。我们虽然反复跟家属说：脑出血需要时间去吸收，这个过程也许会比较长，治疗反应也需要时间。

但是家属说他们没有钱了，家里还有老人需要照顾、孩子需要抚养。我们也感到特别惋惜，毕竟这么年轻，其他脏器功能没有受到重度的伤害，我们深感无奈，却无能为力，只能一声叹息！

（7）

在内蒙古的那些日子，碰到过很多“糖尿病高渗性昏迷”的病人，年纪大的 50 多岁，年纪小的 30 多岁。大多都是平时不注重控制血糖导致的。

这是位 40 岁的男性病人，离异，平时跟父母生活在一起。糖尿病病史 3 年，脑梗死病史 3 年，脑梗死后遗留“言语不利”，就是我们平时讲的说话“大舌头”。糖尿病需要每日打胰岛素控制血糖，但是他吃饭从不定量，也不规律性地测血糖。这次入院是因为他母亲发现他出现了嗜睡的症状，一测血糖说没有数，也不知道是啥意思，觉得有可能高了，就比平时多打了点胰岛素，但是打完神志情况还没有好转，就来医院了。

到医院后查血糖很高，血钠也很高，结合化验检查诊断是糖尿病所导致的高渗性昏迷。因为病情很重，于是收到了 ICU 住院。来 ICU 给予补液、降钠、降血糖以及脏器支持治疗后，随着血糖下降、血钠下降，病人神志也渐渐清醒了。

他母亲说平时也没有过多精力特别关注他，因为她和老伴儿都已经 70 多岁了，还有家里的一大堆活儿要干。他平时爱喝酒，上回因为骨折住院的时候，医生曾经提醒他要特别注意血压、血糖的情况，可是他总不在意。

我们发现，因为糖尿病高渗性昏迷入院的病人，大多数都爱喝酒，而且是喝“大酒”那种，几乎天天喝、顿顿喝，从早上喝到晚上，不让喝还不高兴。他就是这样的，明明知道自己有糖尿病，却从不忌口、从不监测血糖，不爱惜自己的身体。如果病人年轻，病情不是很重，在接受治疗后可能会很快好转。如果病人年龄大、基础情况原本就不好，加上混合感染、脏器功能受损的情况，治疗起来就比较棘手，特别对有脑损害的病人，可能就是不可逆的。

我们来到这个世界，不是只有自己孤立的情感，还有亲情、爱情、友情等情感，这些情感构成了生命的全部，人正是因为有情感，才有了生活的意义和勇气。我们不仅要对自己负责，还要对家人负责，做任何事情以前，都要慎重地思考一下可能会产生的后果。对自己的健康负责，好好保护身体，发现问题及时就医，尽量将伤害降到最小。为了家人、为了孩子我们更要好好生活，好好照顾自己的身体，因为未来的路还很长。

大叔，请少喝点酒

内蒙古地处北方，夏季较短，冬季漫长且寒冷，加上马背上的民族——蒙古族的一些传统和习俗，这里的人们热情好客，尤爱饮酒，特别是很多牧民，在放牧的时候都会带上一壶酒，据说酒进肚子后感觉暖暖的，能抵御风寒。因此，这里的人们不仅多数都会饮酒，而且酒量很大。所以因为喝酒来医院看病的也比较常见。

（8）

有位 50 多岁的大叔，晚上跟工友喝酒后骑车回家，一不留神撞到了停在路边的大卡车上，工友匆忙将他送到医院，诊断为多发伤——颜面部挫伤、蛛网膜下腔出血、多发肋骨骨折、肺挫伤。因为病情十分危重，先保命要紧，所以收到 ICU 住院治疗。

大叔身边没有家属，没人交住院押金。在生死关头，不管怎样都要先救命，因为在生命面前其他事情都是渺小的。我们紧急向院里汇报，并申请额度，如果没有额度或最低住院底线，患者即使住院也开不出药来。尽管是在晚上，院领导也第一时间批复，马上开通绿色通道，以保证病人的救治。

入院的时候大叔已经处于休克状态，因氧合不佳，紧急进行气管插管接呼吸机辅助通气，并大量补液、用升压药维持血压。但是入院 4 小时后血压开始急转直下（升压药不断加量，但血压仍在下降）、心率增快，外周氧合也在进行性下降。因为患者有肋骨骨折、肺挫伤，我们高度怀疑胸腔存在活动性出血，并有气胸可能。于是急查了胸片，提示胸腔大量积血积气，血常规显示血红蛋白下降了一半，凝血功能恶化很快，代谢性酸中毒明显、高乳酸血症，无尿。大叔的情况越来越差，升压药不断加量，但血压仍难以维持，虽然气管插管、呼吸机辅助通气治疗，但是氧合持续下降，呼吸状态极差，大口地、费力地喘着气，就好像我们平时说的“捯气儿”一样，一种濒死的状态。在他命悬一线的时刻，我们紧急联系外科行双侧胸腔闭式引流，引出大量鲜红的血性液体及气体后，他的氧合及呼吸状态稍有好转，但血压仍难以维持，此时输注大量晶体（如氯化钠注射液、乳酸钠林格等）只会加重肺渗出、肺水肿。于是我们补充白蛋白等胶体，并第一时间联系输血科输注红细胞、血浆，并输注纤维蛋白原等，给予相应的抗感染、保护胃黏膜、脏器支持等综合治疗。同时为了减少患者痛苦，应用了小剂量的镇静、镇痛药物。我们紧紧地盯在床旁，观察生命体征、观察胸腔引流、观察尿量。慢慢地，他的血压逐渐上升，升压药开始减量，胸腔引流液颜色也逐渐转淡，复查血红蛋白无明显下降，凝血功能好转，酸中毒逐步得到纠正，尿液也从尿管中一点一点流出。所有医护人员终于长长地松了一口气。

经过一晚上的紧急抢救，患者病情渐趋稳定，升压药也逐渐减停了，生命体征也没有再出现大的波动。过了几天，他在外地的弟弟来了，对我们千恩万谢，非常感激我们对他哥哥的紧急救治。但是因为患者严重多发伤，恢复是需要时间的，需要等他的呼吸功能好转，才能拔除气管插管；需要等肺部情况好转，才能拔除胸腔闭式引流；需要神经系统好转，蛛网膜下腔出血吸收，脏器功能好转；等等。而且在治疗过程中，可能会出现无法预料的病情变化，虽然大叔脱离了生命危险，但是治疗的路可能还会很长。

后来，在全科医护人员的精心治疗及护理下，他的病情一步一步向好的方向发展，各种管路已经拔除，病情很稳定。

在他病情最严重的时候，我们医护人员不顾一切地进行抢救，虽然当时他没有家属在身边，没有交上住院押金，但是生命大于天，医院高度重视，特批绿色通道进行救治。佛说：救人一命，胜造七级浮屠。佛家讲究因果、讲究轮回，作为医者，我们希望病人的生命在我们手里能够再次鲜活！

其实，这场意外也可以避免。如果他没喝酒、少喝点酒，或者喝酒后没骑车，再或者他能更小心一些，也不会发生这次差点要命的意外。

（9）

因喝酒酿造的苦果还有很多。每年因为过量饮酒引发高血压、脑出血、低血糖昏迷、车祸、外伤等状况而住院的病人不在少数。更有甚者，晚上喝酒喝多了，找不到家，然后随便找个地方一躺，第二天被发现时已经冻伤或者冻死了。酒后打架斗殴的人也不少，在急诊经常能遇到，严重者就会收入 ICU 治疗。别以为打架的都是年轻人，上了年纪的人一样脾气火爆。

老白叔 50 多岁，其实他不姓白，他是蒙古族，因为姓名比较长，就称他老白吧。老白是个牧民，主要的日常工作就是赶着他的上万只牛羊行走在水草丰沛的草原。有一天，他回到家的时候已经比较晚了，就和附近的朋友们在一起喝酒，喝得开心了还载歌载舞。在谈天说地的过程中，就聊到了谁家牛羊更肥的问题，大家都在夸赞自己家的牛羊，言语之间难免带出贬低别人家牛羊的话语。对于牧民来说，牛羊就像自己的孩子一样，容不得别人说一点儿不好，于是聊天渐渐变成了争吵，争吵演变成了打架，尤其是在酒精的作用下，天不怕地不怕的，悲剧也就这样发生了。

老白虽然是蒙古族，但是他并不像我们印象中大多数蒙古族人一样强壮，反而有点弱小——个子不高，身材偏瘦。所以，他被打了，而且被打得还挺厉害，鼻青脸肿不说，还有内脏出血。收住 ICU 的时候生命体征不稳定，血压偏低，已经出现了休克的表现。在 ICU，我们进行了补液、升压、积极纠正休克、抗感染、稳定脏器功能及营养支持等综合治疗，病情稳定后联系外科进行手术。万幸的是，他手术后恢复得很好，可能还是跟他既往身体健康状况有关吧，他没有任何的基础病，比如我们常见的糖尿病、高血压、冠心病等。

后来我们问他打架后悔吗？他说："那帮人下手太狠了，可是啥事儿都没有我的牛羊事儿大，我的牛羊就是我们一大家子的希望，竟然说我的牛羊不肥。"可以看出，他还是带着些许的气愤。我们劝他："别那么较真儿了，别人说别人的，只要你自己觉得好不就行了吗，干嘛跟别人比呢，手术、住院花钱不说，自己多遭罪啊。"他憨憨地一笑："说得也是，以后不那么较真儿了！"

其实，老白的心情我们都能理解，但往往悲剧就是这样发生的。人们常说：吃一堑长一智。生活中很重要的其实是难得糊涂。那么较真儿真的好吗？只要不让自己受到伤害，其他的是不是都无所谓呢？

喝酒可能有一些好处，比如活血通络、疏通筋骨，但是凡事都要恰到好处，不可过度。适量饮酒，不要让悲剧发生，好好生活，珍惜生命！

过了半辈子了，还因为吵架去喝药

农药中毒虽然在城市已经很少见了，即使是药物中毒也基本上集中在家里常吃的药，比如降压药、降糖药、精神类药物等，但是在一些基层医院，特别是在乡村，还会看到农药中毒的病人。有些农民家里备着农药，用于粮食作物或者果树的杀虫。农药包括很多种类，多数属于有机磷一类，还有致死性比较强的百草枯。

（10）

我曾经遇到两个喝农药中毒的老人，两人是同一天前后脚入院的。

先入院的那个李大爷60多岁，据说经常喝“大酒”，而且喝起酒来没完没了，上顿喝、下顿喝，顿顿喝、天天喝，喝完酒还爱发脾气，跟老伴儿吵架，教训儿女，脾气上来了还爱摔东西。因为喝酒这个问题，家里人没少劝他，老伴儿也没少跟他生气，主要是担心他的身体，毕竟年纪大了，得多注意。他有一个杀手锏，每次跟老伴儿生气、发脾气，就以死相威胁，多数情况下都以老伴儿妥协告终，过了半辈子了，老伴儿也感觉特别无奈。

李大爷这回又喝了很多酒，而且是和邻居（第二个入院的老人）一块儿喝的。两人边喝边聊，说起了生活琐事和各种不如意。老伴儿见又喝多了，就过来劝，结果大爷生气了：“你天天看我不顺眼，我喝药死了算了，省得碍你的眼。”因为这样的话平常说得太多了，就像“狼来了”一样，老伴儿没有在意，想着还有别人在呢，不能扫了他的颜面，也没再多说什么，转头就出去了。李大爷一看连老伴儿都不管他死活了，情绪越发激动，就真的喝药了，喝了多少谁也不清楚，送来时已经处于昏迷状态了。

后入院的那个王大爷70多岁，就是上面提到的邻居酒友，具体喝药原因家属也不太清楚。就说当天他去老李家喝酒，喝了一下午醉醺醺地回来，回来后就开始嚷嚷：老李头喝药了，他也要喝。开始时家属以为他喝多了、说酒话，没有在意，后来看他真的拿农药瓶在喝，就赶紧抢夺下来了，但是有一半已经进肚儿了。家属急忙把他送来医院，来的时候神志也已经是昏睡状态了。

两人接连来到医院，急诊连忙给他们洗胃，洗出来很多白色泡沫样东西。洗胃后，因为他们的病情比较重，而且年纪都大了，还需要进一步观察和治疗，就都收到了我们ICU。

因为ICU当时只有一台血滤机，但两个病人都需要血液净化或者血液灌流，所以只能从急诊借一台灌流机，王大爷病情相对较轻，就进行单纯血液灌流治疗；李大爷较重，进行血液灌流联合血液透析治疗。因为是从急诊借的灌流机，需要请急诊专门的人员负责操作，急诊的两个医生也很辛苦，全程看管着灌流，灌流结束时已经很晚了，她们才踏着浓重的夜色回家。

经过我们一晚上的忙碌救治，这两个病人病情都很快好转，神志从昏迷已经转为清醒了，各项指标也都下降到安全值。庆幸的是他们送来得很及时，没有造成特别严重的后果，而且治疗效果也很好。作为重症医生，我们很欣慰，忙碌是我们工作的常态，即使再忙再累，看到患者病情好转就是我们最开心的事情。

治疗3天后，生命体征稳定，各项指标好转，两个老人就坚决要出院，其实他们还需要再观察几天，我们怕毒物清除不干净存在后续问题，比如中间综合征等。我们讲明了风险及后续可能出现的问题，但是患者及家属都强烈要求回家，说都好了、不用再治了。然后他们又前后脚出院了。

出院前，医生给李大爷拔除血液净化管路，然后问他："跟老伴儿生气就喝药啊，气性咋那么大呢？"大爷说："真是气死我了，我说喝药也不管我了，等我回到家还得接着跟她（老伴儿）吵架。"医生无奈地摇摇头。

（11）

还有个60多岁的阿姨是因为吃了一盒降压药来医院的，虽然吃了不少药，但是她神志还是清楚的，急诊就先让她催吐，吐出来一些白色的东西，因为担心后续可能有再吸收的问题，而且降压药对血压的影响很大，为了更进一步观察，将患者收到ICU。

住院后，因为她的心率和血压变化不大，氧合的情况也在正常范围之内，整体来说，生命体征是稳定的，所以就没有特别着急进行血液净化治疗。我们打算如果她出现病情变化，再做血液净化，就先以补液为主，并给了保肝、脏器支持等治疗，同时注意观察患者电解质及酸碱代谢情况。经过一晚上的观察，她的病情相对稳定，没有出现大的波动及变化。

她自己说跟老伴儿吵架了，一气之下，就把平时吃的降压药都给吃了。护士问她："跟老伴儿吵架就吃药啊？"阿姨说："这一辈子三天一小吵、五天一大吵，都不知道这么多年是咋熬过来的，吵吵闹闹就到了这个年纪，已经不记得生活该是什么样的，也不知道日子该怎么过了。"以前吵架她还真的没有吃过药，这次真的是气得不行了。她说以前孩子小的时候就想着熬到孩子大了就离婚，好不容易熬到孩子大了，孩子却劝说她凑合过吧，于是她想那就先忍着吧，再好的夫妻也没有不吵架的，也许年纪大了就能好些。可是年纪大了，老伴儿还是那个样子，觉得全世界都欠他的。这次吵架后，她真的心灰意冷了，她说等出院了就去跟老伴儿离婚。

这让我想起曾经看过的一个小短片。主人公也是一位60多岁的阿姨，有一天她找到律师要离婚，律师就很不解，问她这么大年纪了怎么还要离婚呢？于是她讲起了生活中和老伴儿的种种过往。老伴儿年轻的时候就是甩手掌柜，家里的任何事情都不管，而且还经常指责她这也做不好、那也做不好，话说狠了更是什么难听说什么，更别提生活中能照顾她了。阿姨平时工作也很忙，单位一大堆事儿等着她回到家，还要面对无休止的指责或漫骂。阿姨做完饭还没吃，他就先吃了，吃完饭就一躺，看电视或者看手机，阿姨收拾房间他还嫌弃碍眼。阿姨就这样忍耐着，为孩子呗，孩子就是一个女人的软肋。渐渐年纪大了，阿姨以为他能有所改进，可是依然是老样子。后来孩子终于上大学了，阿姨就提出了离婚，老伴儿很困惑：“为什么？我怎么你了，真是身在福中不知福。”所以就坚决不离婚。阿姨没有办法才找到了律师。

后来在律师的帮助下，阿姨终于如愿以偿地离婚了。一个月后，律师去了一块墓地，墓碑上写着阿姨的名字。在生命的弥留之际，阿姨特别感谢律师：“是你让我重新获得了自由，这是灵魂的自由，我终于可以为自己活一次，虽然我得病了，可能没有多少时间了，但就在我走完生命的旅程前，我很高兴获得了灵魂的救赎。”律师落泪了，而我看到这里也落泪了。我们有多少人都像阿姨一样，一辈子辛苦操劳，委曲求全，为了这个、为了那个，可唯独没有为了自己。还好最后她安详地、自由地走了。

人啊，这辈子能相遇已经实属不易，“十年修得同船渡、百年修得共枕眠”，两个人得有多大的缘分才能生活在一起啊，而且已经在一起生活了半辈子了。生活是好是坏，无论顺境还是逆境，都一起经历过了。家不是个讲理的地方，也不是个较真儿的地方。婚姻其实就是求同存异，但一定是双向奔赴，只有两人都彼此包容，给予对方更多的尊重、理解，生活才能越来越好。一辈子说长不长、说短不短，真的要好好珍惜身边的人，也许下辈子再也不会遇到了。

人世间，除了生死，都是小事！

请好好活下去

生命是顽强的，因为顽强，我们应该敬畏它；生命是脆弱的，因为脆弱，我们应该呵护它；生命是宝贵的，因为宝贵，我们应该珍惜它。生命只有一次，随着岁月的流逝，生命之路会不断变短，当下生活的每一天都是我们生命中最遥远的一天，它不会周而复始、不会失而复得。

渐渐地，我明白了，其实人生就是一条单行线，我们望向远方，似乎有很长的路要走，似乎一眼望不到尽头。但其实，前方的路不一定是属于我们的，我们可能随时跌倒在半路上，就再也爬不起来了；即使属于我们，这条路也不一定是平坦的，我们总会遇到沟沟坎坎。所以路可能很长，也可能很短。但不论这条路是长是短，是一路坦途还是充满坎坷，我们终要活在这充满烟火气的人世间！

既然活着，就要尽量活好；既然活着，就要尽力活好。有的人遇到伤心、难过的事情就不想活了，遇到困难的事情就觉得没法解决了，就想用死亡来结束这一切。其实伤心、难过每个人都会有，每个人也都会碰到困难，死亡不能解决任何问题。死亡也不是问题的出口，只是懦弱和逃避的表现而已。我们需要勇敢面对困难、面对挑战，人们常说：没有过不去的坎儿。的确，只要想办法，就一定会有出路。除了疾病的无奈，凡是有一线生机，都要坚强、勇敢地走下去，因为只有活着才能有希望，只有活着才有机会打个漂亮的翻身仗。

都说“身体是革命的本钱”，身体不好就没有办法去做其他事情，即使有再远大的理想和抱负，有再美好的蓝图和愿望，没有健康的体魄，都是纸上谈兵。身体好，其他的一切才会好，所以平时要多注意身体，养成规律的作息及良好的生活习惯。“听人劝吃饱饭”，当知道别人为自己好时，一定要多听，不要任性而为，到头来可能不仅害了自己，还会害了家人。

珍惜生命留给我们的每一段时光，正视生活让我们经历的各种波折。喜怒哀乐是生命本来的颜色，平坦坎坷是生活最纯真的本我。特别喜欢一段镌刻在墓志铭上的话："你所浪费的今天，是所有逝去的人奢望的明天；你所厌恶的现在，是未来的你回不去的曾经。"所以，亲爱的朋友们，请好好活下去。珍惜生活走过的每一天的光阴、珍惜当下面对的每一次彷徨，珍惜生命赋予我们的所有力量。愿我们每一个人都能敬畏生命、呵护生命、珍爱生命！

第 二 章

首先爱自己

有一天先生跟我讨论孩子的生命重要还是自己的生命重要，他说为了孩子他可以牺牲自己的生命，只要孩子活着就好。我说我活着才能保证孩子更好地活着，当然如果非要做出选择，我也会牺牲我自己。首先爱自己，有爱自己的能力才能爱其他人、才能更好地爱这个世界！

如果能早点来医院，也许会有不一样的结局

我们上大学的时候，学校设置的专业除了临床医学外，还有预防医学，当时我们都不太明白预防医学是干嘛的，它的存在有什么意义。后来在临床摸爬滚打中渐渐体会到了预防医学的意义和价值。比如一个人要过一条河，河上有一座颤颤巍巍的桥，如果这个人明知道桥有问题，还不管不顾地从桥上走，结果掉河里被送到了医院，这是临床医生要干的活——治病；如果这个人知道桥有问题后，先把桥修好再过，他可能就不会掉河里，这个修桥就是预防医学——防病。如果能防病，就大大降低了治病的发生率；如果不能防病，那治病的成功率可能就会大打折扣。防胜于治就是这个道理。

（12）

一天晚上，从急诊匆匆地推上来一位50多岁的大姐，因胸痛就诊，完善检查后诊断：急性心肌梗死（下壁及广泛前壁）。

患者病情危重，血压低，心率波动也比较大，生命体征不稳定，心内科医生评估后认为：如果行介入治疗面临的风险会极高，就患者目前的状态，可能也耐受不了介入的干预，说得直白点就是可能介入手术没完成，命就没了。于是在急诊进行紧急溶栓，根据患者的病情，必须到ICU进行监护及抢救治疗。于是带着溶栓药物、心内科医生亲自护送患者进入了ICU病房。

到病房后患者的病情进一步恶化，已经出现了心源性休克、三度房室传导阻滞的表现，人处于昏迷状态，氧合和心率急速下降，需要大剂量的升压药来维持血压，患者随时可能发生心搏骤停或是恶性心律失常，进而威胁生命。我们紧急气管插管、深静脉置管及植入临时起搏器，同时给予针对心肌梗死及脏器支持等对症治疗。紧急完善心脏超声检查，超声提示患者心脏搏动已经很弱，整个室壁运动完全不协调，心脏处于疲乏无力的状态，射血分数也明显下降。这说明心脏血管已经广泛堵塞，不能射血以供全身的需要，如果不能及时开通血管患者随时会面临死亡。

但是就目前情况而言，病情越来越严重，在这种危重情况下、在生命体征极不稳定的状态下，根本无法行介入手术来开通血管。从入 ICU 开始 2 个多小时的时间内，我们一直在全力以赴地抢救，但是患者生命体征并无好转迹象。医生见到好多家属都在门外等着，每个人都眼圈通红，当跟家属详细地交代病情及抢救过程后，家属虽然哭得一塌糊涂，但也很理解，经过艰难的选择，他们想让患者最后再回一次家。

家属说其实她胸痛已经有 3 天了，而且 3 天来持续地在加重，早就劝她来医院看看，她就是不当回事儿，说吃点止痛药就好了。直到她痛得都躺不下的时候，家属才把她拉到了医院。对于疾病的进展，家属觉得太快了，我们也觉得进展迅速，但是当疾病来的时候，就是这样气势汹汹，不给任何人多余的时间。家属追悔莫及，要是刚开始出现胸痛的时候就能来医院，可能结局就不会是这样的了。

（13）

还有一位49岁的大姐，因为“昏迷”来院就诊，完善相关化验检查后诊断：高血压性脑出血。大姐平时血压就高，最高的时候收缩压可以达到200mmHg，但她自己从来没有在意过，也不规律吃药，觉得高点就高点吧，也不耽误啥事儿，偶尔头疼了就去村里的诊所输点甘露醇，输完头就不疼了，她暗自窃喜，还会把这个“经验”分享给那些头疼的人，说根本不用去医院。

这次是在地里正干着活儿呢，她突然觉得头又疼了，赶紧叫丈夫陪她去村里卫生所，想输点甘露醇，结果在半路上就昏迷了，家属急忙送来了医院。一查头颅CT提示脑出血，而且出血量很大。因为患者血压和心率波动很大、生命体征不稳定，经过神经外科医生充分评估后，认为手术风险太大，于是决定先放置脑室引流管引出颅内的血。但是置管后患者血压、心率没有明显好转，仍然波动明显——忽高忽低，神志也没有好转。24小时以后复查的头颅CT提示出血量较前明显增多了。于是向家属交代病情，告知可能预后不良。

家属特别悲痛，不住地流眼泪。她丈夫反复地念叨：要是早点来医院就好了。说妻子平时就是太皮实了，即使身体有什么不舒服，从来都是扛扛就过去了，像感冒、发烧啥的从来不吃药，扛几天就好了。他也一直以为妻子的身体很好，平时也就没有过多地关注过。他一边流泪一边埋怨妻子平时不吃降压药，也很后悔自己没有起到督促作用，对高血压这件事没有引起足够的重视。即使话是在埋怨，可是从他的埋怨声中也听出了很多无奈。家属商量、考虑了很久，最终决定放弃治疗——回家。

说实话，这两个病例对我的触动很大，她们有很多共同点：都是 50 岁左右的年纪——年轻；都是发病比较早，却没有在意——忽视；都是生病了就扛，以为扛就能扛好——侥幸。以前这可能是中国女性被赞扬的优点：皮实或者坚强；可是现在却是悲哀：无力或者无助。最后疾病进展到了无可挽回的局面，耗竭了年轻的生命。我猜想她们的孩子可能也不会太大吧，她们在家里应该也是顶梁柱吧，她们的父母可能也都健在吧。孩子失去了妈妈，丈夫失去了妻子，父母失去了女儿，这是多么令人痛心的事情。她们只有自己身体健康，才能给孩子母爱、给丈夫恩爱、给父母疼爱。

“病来如山倒，病去如抽丝。”疾病来势汹汹，并不会留给我们过多的时间。作为医生，面对疾病我们有时候很无奈、也很无助，面对家属我们有时候很遗憾、也很心痛。如果她们能够足够重视疾病、重视自己，能够第一时间来到医院，也许就是个皆大欢喜的结局，真的奉劝大家，生病了切莫耽搁。疾病越早发现越早治疗，结局可能就会越好。

提高普通人的防病意识很关键、也很重要。还有不能忽视的一点就是：我们每一个人一定要好好关心自己、爱自己。其他人对你再好，也不能完全明白、理解你，你的疾病在你自己身上，只有你自己最清楚。

你好，爱你的人才会好；你好，你爱的人才会好！

家里的活儿重要，生命更重要

在急诊的时候，经常会遇到周末或者晚上来看病的人。有时候周末还好，还能赶上门诊上班，检查能更全面一些，但是晚上就诊，在急诊有些化验、检查是受限的。于是就问病人：怎么不早点来或者怎么不白天来？多数的病人都会讲一样的话：上班没有时间啊！其实有时候也能理解上班族的无奈：工作忙、领导不给假、请假要扣钱，等等；有时候也会有点儿生气，觉得太不拿自己当回事儿了。工作固然重要，因为要养家糊口，但是和生命相比，哪个更重要呢？如果命都没了，还谈何养家？

（14）

有位50多岁的大叔，因为“发热伴昏迷”入院。来医院后测体温高达40℃，而且有明显的畏寒、间断寒战，神志不清。查体发现血压低、心率快、氧合差，是休克、呼吸衰竭的表现。化验检查提示炎症指标异常升高，而且出现了多脏器（心、肝、肾等）受损的情况。急诊紧急补液、升压来稳定生命体征，患者病情危重，紧急收入ICU治疗。

入ICU后，我们结合病史、查体及辅助检查结果，初步诊断为：脓毒症、脓毒性休克，但是具体感染源在哪里当时还不是很明确，需要我们一一排除可能的感染灶。我们考虑这么严重的感染可能不是短时间内骤然起病的，于是反复、详细地询问病史，家属才道出大叔间断发热已经有半个多月了，发热的时候吃点退烧药体温就能下降，但是过几个小时又会再次发热，体温最高可以达到38.5℃，没有寒战，咳嗽、咳痰症状不明显，也没有其他的腹痛、胸痛等不适表现，所以就没有特别在意。直到入院当天，家属发现他神志不太好了，总是想睡觉，而且感觉越睡越沉，这才意识到事情的严重性，再不来医院可能就没命了。

我们对患者进行了比较细致的检查，患者肺部感染很明确，但不是特别严重，呼吸道表现也不突出，单用肺部感染似乎不能解释这么严重的脓毒性休克的全貌，而且他的严重感染已经影响到了脏器功能，出现了多脏器功能不全的表现。为了追根溯源，还得向家属仔细询问病史。家属说患者间断腹泻大概有 2 年了，有时候一天腹泻好几十次，都是水样便，腹泻后整个人会有虚脱的表现。但即使这样，两年来他也从来没有到医院检查过，觉得腹泻也不耽误干活儿、不耽误吃饭，就在家吃点止泻的药，但是最近似乎比以前严重了，因为腹泻次数明显增多。根据这个情况我们考虑大叔患有肠炎或者炎症性疾病，等病情好些了建议他做个肠镜检查，明确肠道问题。

脓毒性休克对于我们重症医生很常见，强化抗感染、液体管理、脏器支持、营养支持、床旁血液净化等集束化治疗。表面上看起来似乎治疗很容易，但是每一步治疗都需要很精细、精准，不能出现半点马虎或错误，可能某一天液体管理没有到位，就会出现严重的病情变化，特别是心功能的恶化。所以 ICU 的治疗其实就是守在床边、滴定式的治疗。尤其对于昏迷的病人，他不能表达任何的感受，医生需要观察所有的监护设备和化验指标来判断疾病的转归。比如危重病人有时候会出现躁动不安的情况，没有经验的医生可能首先就要用镇静药物，我记得我的老师说过，危重病人的躁动一定是有原因的，病人躁动的时候，可能有些人就会去劝说：别闹了。其实他绝不是故意的，而是无意识或者是潜意识的表现，此时他根本不会明白你跟他说的话，或者明白也不能控制，因为他很难受。他的躁动是在向我们发出求救信号呢，只有排除了是疾病本身的变化之后，为了让病人更舒适一些，才会考虑应用镇静药物。ICU 内有着精密的仪器，同样需要细心的医护人员。经过我们积极治疗后，不论从症状上还是体征上，不论从化验上还是影像学上，都看到了明显的改善。住院期间也没有再出现腹泻的情况。

一周后，这位大叔着急出院，我们想让他的病情再稳定稳定，另外还想完善肠镜检查，明确一下肠道的情况。大叔特别倔强，说该秋收了，家里有近 400 亩地，他不回去活儿没人干。我们反复劝他，他却坚决要回家，再劝就要跟我们急了。我们也很理解他的心情，只是叮嘱他出院后的一些注意事项。他对我们特别感谢，说等秋收完了再来看我们。

病情上来讲，他的治疗很成功，但是遗憾的是应该再深入查一查疾病背后的原因。如果再发生一次这样的情况，他可能就没有这么幸运了。

（15）

64 岁的其木格大爷因为“意识障碍 1 天”入院。大爷是牧民，每天都会去山坡上放羊，随身携带着一个 5 公斤的大桶，带上一桶水、再带上点干粮，这样午餐就解决了，等到日落西山时才赶着一大群羊回家，几乎天天如此。可是最近 10 多天，老伴儿发现他每天回家的时候水桶都是空空的，而且到家后还会喝很多水。老伴儿有点好奇：“你咋喝这么多水？”大爷没在意：“可能秋天比较干燥吧。”因为没有表现出其他的异常，这件事老两口儿就没有往心里去，一是可能觉得没啥大事儿，二是因为大爷每天都得去放羊，家里还有一大堆的活儿等着他，也没有空闲的时间去医院检查。

突然有一天，大爷在放羊的时候晕倒了，同伴儿赶紧叫他，他费力地睁开双眼说："我很困。"朋友们赶紧叫来他的老伴儿，大家急匆匆地将大爷送到了医院，到医院后他先是烦躁不安，后来就神志不清了。急诊一查：血压低、心率快，血糖异常升高，血钠异常升高，代谢性酸中毒，尿酮体阳性。给予对症处理后，因病情危重，立即收入了ICU。

因为大爷存在明显的低氧，重度呼吸衰竭，需要进行气管插管，用呼吸机辅助呼吸，医生插管时闻到了一股烂苹果味儿。完善检查后诊断：糖尿病酮症酸中毒，高渗性昏迷，肺部感染，呼吸衰竭。立即启动治疗方案：补液、降糖、纠酸、升压、抗炎、脏器支持、营养支持等综合治疗。随着液体缓慢地进入体内，随着血糖及血钠的下降，随着尿酮体转阴，血压回升、心率降至正常范围，酸中毒的情况逐步得到纠正，大爷也渐渐有了意识，升压药逐渐减停。家属对我们特别感激，说没有我们的全力救治，大爷可能就没命了。

关于大爷的病情，老伴儿很疑惑：平时没有糖尿病啊，怎么会这样呢？其实是因为平时从不体检，所以不是没有糖尿病，而是没查、不知道。如果大爷在发现喝水多的时候，能放下家里的活儿到医院检查一下，也许就不会出现这么严重的问题了。所以当出现生活方式或是饮食习惯改变的时候，一定要引起重视，不可马虎大意。放下家里的活儿，耽误半天的放羊时间，早来医院检查，可能就不需要住院。等到病情严重了才来医院，不仅要住院，可能连命都保不住。家里的活儿固然很重要，但是生命更重要。命没了，别说羊，啥都没了。

曾经听外科大夫说，有个病人因为干活儿的时候把腿划伤了来看病，伤口在小腿上，范围很大，肉都往外翻着。就问他这伤口有多久了，回答："一天多了。""那怎么现在才来看呢，你这样伤口会感染的。""家里有一大堆的活儿，我得把活儿干完了才能抽空来啊！"外科大夫说，这样的病人其实有很多，一天多来看病的还算早的，有的过了好几天才来，特别是赶上秋收、农活儿忙的时候。还有一个病人因为干活儿的时候手挫地了，疼了好几天才来，一检查是小手指骨折，需要用石膏进行固定。病人不乐意了，要求把小手指截掉，理由是石膏固定就得好几天不能干活儿了，家里这么忙，没人干活儿可不行。医生就耐心地解释石膏和截肢的区别、益处及弊端。我就想起我小的时候，因为头发剪得特别短，每天早上起床头发都乱乱的，看起来支棱八翘的，为了让头发看起来更平整，我就悄悄地把翘起来的头发剪掉，大人们看到后就会一通大笑，我当时还想：有啥可笑的，这不挺好？可是头发剪掉了还能再长出来，手指截掉了就真的没有了！

外科医生在讲述这样的事情时，开玩笑地说："真不愧是成吉思汗的子孙。"虽然是一句玩笑话，可是这话里却充满了很多的无奈和心酸。匮乏的医疗知识、朴素的民众思想，自己的身体健康还不如家里的活儿重要，殊不知没有好的身体，干再多的活儿又有什么意义呢？

只是打个疫苗而已啊

打疫苗司空见惯，我们从生下来就开始打疫苗，各种各样的疫苗，有了疫苗，我们才灭绝了天花、麻疹、风疹等等一系列传染病，疫苗的研制和出现是医学史上的重大里程碑。但是因为每个人的体质不同，对疫苗的反应也会有差别，比如有的孩子打完某种疫苗后就会发烧，这是人体免疫机制导致的结果。如果一旦出现任何不适，需要立即停止注射疫苗，并及时就医。

（16）

姑娘小吕年轻、漂亮、青春洋溢、朝气蓬勃。可是她的生命就像流星一样在 24 岁那年陨落。

有一段时间 HPV（人乳头瘤病毒）疫苗在社会上很火，排队打的人特别多，有的人甚至排到了几年以后。小吕了解到这个疫苗是预防宫颈癌的，听说身边的人也都在打听如何打疫苗的事情，有不少人都预约购买了，有的人打完了也没有出现任何不舒服的情况。于是她也想打这个疫苗，费了九牛二虎之力，终于预约成功了，可是一看价格，她却吓了一大跳，怎么这么贵啊，她犹豫了。朋友说：机会难得，她要是不要就给别人了。虽然费用很高、虽然她家里也不富裕，但是想到这个疫苗可以预防癌症，又这么难买，干脆就刷信用卡狠心交了三剂针的费用。

她想打了这个疫苗就少了一种患癌疾病的发生率，便满心欢喜、满怀憧憬。但是天有不测风云、人有旦夕祸福。

打完第一针的时候，她就感觉不想吃东西，而且身上有发黄的表现。到医院就诊后一查转氨酶升高了，有些免疫指标也表现出了异常。医生给予保肝等对症处理，在医院输了几天液后，病情很快就好转了。

这次来到 ICU 住院，是因为打完经二针后，她又不舒服了，而且这次很严重。打完第二针没两天，她就发现全身黄染得厉害，就是那种金黄、金黄的感觉，连眼睛都是黄的，而且浑身没劲儿，走一小段路就开始喘，整个人一下子就蔫了。家人发现不对劲儿，赶紧把她送到医院，门诊一查化验惊呆了：转氨酶升得极高，伴有多脏器功能损害，包括心肌、肾脏、凝血功能、神经系统等病情十分凶险。来 ICU 后她开始间断抽搐，病情越发严重，为了能把她从死亡线上拉回来，我们奋力拼搏。在常规治疗的基础上，我们用了血液净化、血浆置换等能用的一切办法。她毕竟才 24 岁，太年轻了！

但是特别特别遗憾，治疗了三天后她还是挣脱了我们奋力救治的手，离开了这个世界，离开了深爱她的家人。人体的免疫系统很复杂，也很智能，它可以敏锐地识别外来物，并进行攻击，严重的时候就会出现免疫风暴，表现为免疫过度激活——免疫抑制——免疫耗竭，到后两个阶段出现的时候，就很验逆转了。

我们无限惋惜，妈妈更是痛苦得难以名状，说第一针打完后去医院看病的时候，医生就高度怀疑跟打疫苗有关系，建议不要再继续打了，可是小姑娘打听到如果后面的针不打了，钱也不能退。妈妈劝她说别打了，钱花就花了吧。可是小姑娘很倔强，觉得如果后面的针不打了，钱就打水漂了，太吃亏了。而且她想每次的情况不一定会一样，也许这次就没事呢，于是她抱着一丝侥幸的心理进行了第二针的注射。

她走了，留下伤痛的亲人，特别是妈妈，那种白发人送黑发人的痛一定是痛彻心扉、深入骨髓的。老人常说，钱财是身外之物，钱没有了，可以再挣，命没有了，就一切都空了。因此，不管什么时候，不论发生什么事情，只要生命在，一切就都还在！

（17）

还记得一天夜里，有个上大学的小伙子，被 120 救护车急匆匆地送来医院。同学说白天都好好的，吃过晚饭后他说有点累，就回宿舍去休息了，等同学们上完晚自习回来后，就发现他已经叫不醒了，同学慌了，赶紧把他送到医院。同时也通知了他的父母，他的父母也正从千里之外的老家往这边赶。

因为患者神志不清，我们紧急完善了头颅 CT，并没有发现大的异常，但是化验提示转氨酶异常升高，并出现了肝性脑病。反复向同学询问病史，同学忽然想起来，说白天的时候他们都打了流感疫苗。虽然别的同学没事，但是人与人的体质本来就有差别，有的人特别敏感，反应就会比较大，而大多数人就不会表现出什么不适。我们高度怀疑跟注射流感疫苗相关，于是马上启动治疗：保肝、降血氨、补液，同时做了一次血浆置换，第二天他的神志情况就有了明显的好转。后来又经过几天的巩固治疗后，他的病情完全好转，脏器功能恢复正常。我们特别欣喜，小伙子很开心，他的父母更是不住地对我们表示感谢。

小伙子的情况和小姑娘有相似之处，都是打疫苗之后出现异常，都是以肝功能损伤为主。但是小伙子表现得要轻些，他脏器损伤的程度没有那么重，而且发现得比较早，送来医院也比较及时，重要的是他只打了一针，相对来说流感疫苗也比较温和，所以小伙子的治疗效果比小姑娘要好。这也给我们提了个醒：就是不管什么原因，发现异常要及时到医院就诊，进行及时的治疗，这样才有可能获得良好的治疗效果。

“我只是想让他爱我。”

爱情是生命中永恒的旋律。许多人追求爱情，哪怕飞蛾扑火、哪怕粉身碎骨。但是爱情很复杂、也难以说得清楚对错。专家都说爱情要想保鲜，就需要一定的沟通技巧，不能一味地“死心眼儿”，不要以为你对他好，他就一定会对你好。“男人来自金星，女人来自火星”，男女的思维不同，对待事物及处理事情的方式也不同。所以爱情这种微妙的东西在男女身上的表现形式上也会有所不同。

（18）

一位40多岁患有轻度抑郁症的大姐，因为跳楼自杀未遂入院。她全身多处骨折，需要住在 ICU 先稳定生命体征，再择期、分阶段进行手术治疗。大姐的病情没有特别大的波动，一切都按照治疗计划有条不紊地进行。

我们找家属签字的时候，发现在关系一栏中赫然写着：前夫。每天下午的探视时间，也都是前夫来探视、了解病情、交住院费用，一切事情都是前夫帮忙在弄，除了前夫再也没有其他人来看望过她。

随着她住院时间的延长，医护人员在跟她及前夫聊天的过程中，了解到了曾经一个童话般的爱情故事。俩人是高中同学，上高中时就是同桌，我们经常说同桌间的关系很微妙，他俩也不例外。大姐年轻的时候很清纯，就是那种小家碧玉的邻家女孩儿；前夫年轻的时候也很帅气，又带点儿羞涩。他俩经常一起做题，遇到不会的问题就一起讨论，下课了聊聊天，到饭点了一块儿去食堂吃饭，下晚自习又一块儿回宿舍（男女的宿舍楼是相邻的）。因为他俩都不是本地人，又都住校，所以相互之间就多了很多关心。而且他俩相约都要努力学习，以后要考同一所大学。正像电视剧中演的那样，俩人没能如愿进入同一所大学，也没能在同一个城市，于是开始了长达四年的异地恋。他们都很矜持也很克制，特别珍惜放假在一起的时光，男孩儿来看女孩儿，女孩儿把男孩儿送到酒店，男孩儿又把女孩儿送到学校，来来回回、难舍难分。大姐讲到这里的时候，眼里是有光亮的，也是温暖和幸福的。毕业后，男孩儿来到女孩儿的城市，工作、然后顺理成章地结婚、生子。似乎一切都是那么祥和、波澜不惊，他们都憧憬着美好的未来。

婚后的柴米油盐、家庭的一地鸡毛、工作的琐事繁杂以及孩子和老人的相继到来，让他们的爱情经历了前所未有的打击，他们开始因为鸡毛蒜皮的小事而争吵。女人觉得男人不够爱她、不够爱这个家，男人觉得女人没事儿找事儿，公公婆婆也处处维护儿子，嘴上说不管，其实背地里总跟儿子说儿媳妇的种种缺点，比如不做家务、惯孩子之类的。其实一个家里能有多少活呢，她每天天不亮就要去上班，天黑了才回到家里。休息的时候也收拾房间，因为他们的房间婆婆是从来不收拾的，而且有空了女人还想陪陪孩子，因为孩子的情感需求是只有妈妈才能给的。听多了婆婆的数落，男人慢慢地就相信了婆婆说的话，每当她想跟男人聊一聊的时候，男人都很不耐烦。时间长了，他们的沟通就变得越来越少，甚至好几天也不讲话，一讲话就吵架。女人觉得特别委屈：在单位得好好工作，在家要照顾孩子、顾及公婆的感受，还要看老公的脸色。老公有公婆疼，孩子有大家疼，可是有谁心疼她呢？慢慢地，女人开始有了抑郁的表现，不断地用药物来控制那压抑、麻木的感情。

如果没有孩子，他们可能早就分开了，但是孩子是无辜的，既然把孩子带到了这个世界上，就要为他的生命负责，男人可以不顾孩子，但是每一个母亲的软肋都是孩子。于是她日复一日地熬着、盼着孩子快点儿长大。有一天又因为一件小事儿他俩开始吵架，吵得特别激烈。女人彻底心灰意冷，提出来离婚。男人可能也觉得累了，就欣然同意，俩人办理了离婚手续。很长一段时间，女人都不能从离婚的阴影中走出来，她不明白，明明相爱的两个人最后怎么就变成了这样的状态，男人也开始意识到可能自己真的有问题，于是主动向女人提出复婚，因为彼此还爱着对方，毕竟那么多年的感情不是说没就没、说能放下就能放下的。所以他们复婚了。

可是好景不长，生活中又有了争吵，而且矛盾不断升级、恶化。公婆开始怂恿儿子离婚，说这样的女人不能要。一次、两次男人可能没有当回事，可是多次以后，男人动摇了，于是他们第二次离婚了。这次男人很快就再婚了，也许是没有任何留恋了，也许是在赌气。女人想不明白，为什么男人可以那么快就再婚，为什么她还那么痛苦，难道他们以前的感情都是假的吗？他们的爱就那么经不起考验吗？女人越想越委屈、越想越心痛，越来越不明白生命以及活着的意义。于是在一个晚上，女人精心打扮了一番，穿上了男人最喜爱的裙子，给男人打了最后一通电话，毅然地选择了告别这个世界。大姐在讲这段的时候，虽然语气很平静，但是满眼仍是委屈、仍有不解和迷茫。在她转过头的时候，我们都看到了她滚落的泪珠。

大姐说："我没有别的想法，也没有恶意，我只是想让他爱我。"前夫说："我真的非常爱她，可是发现她越来越不可理喻。"其实从大姐住院后前夫的表现来看，前夫也是爱着大姐的，只是被鸡毛蒜皮的事情遮挡了眼睛，被别人的话蛊惑了心智。事已至此，我们都劝大姐想开些，接受现实。用佛家的话讲，他们的缘分可能就到此了，彼此相互祝福不是更好吗？

（19）

我一个朋友讲过一件很震撼的事情。他曾经的一个同事特别老实，是单位公认的老实人、老好人，在单位认真负责地工作，在家里细心地照顾妻儿，在外是好员工，在内是好丈夫、好爸爸。多少人都羡慕他的妻子找了这样一个好男人。

可是有一天，悲剧悄然发生了。他儿子 10 岁，上小学四年级，学习很好，有一天在学校门口，突然遇害了。手段很恶劣，直接割开了颈动脉，虽然紧急送到了医院，但是因为出血量太多、太急，最终没能抢救过来。他守在儿子的尸体旁边，捶胸顿足、号啕大哭，边哭边喊："是爸爸对不起你，是爸爸害了你啊，该死的人是爸爸。"

于是大家很好奇，他这样一个好人，怎么会有仇家呢？后来了解到，杀害他儿子的人正是他的情人。情人和他是一个单位的同事，只是部门不一样。他们经常有工作上的交集，情人被他的工作能力所折服，在情人眼里他是那么有魅力、有能力。女人对男人的爱往往是从崇拜开始的，情人对他的崇拜使得他如沐春风，而且情人年轻、漂亮，他很快就沦陷在了情人崇拜的温柔乡里。

开始的时候，感情很甜蜜也觉得很刺激，毕竟对大多数人来说不见天日的爱情仿佛来得更有激情。这期间，男人依旧对妻子、对儿子无微不至，不论妻子还是情人，他都处理得游刃有余。就在他洋洋得意的时候，情人却提出想永远跟他在一起。他很喜欢情人，但是对于妻儿他也难以割舍，就像大多数男人一样，开始了拖延战术，于是出现了争吵，男人为了稳住情人，不断地买东西进行讨好，但是情人就想跟他结婚，争吵不断加剧、矛盾不断升级，这种情况随时可能会像火山喷发一样一发不可收拾。男人开始害怕了，就有意躲避着情人，能不见面就不见面，即使见面也是匆匆忙忙，工作上礼貌有加，私下爱搭不理。终于情人忍受不了了，哭过、闹过、吵过甚至动手打过，情人的爱意渐渐减少，恨意却在逐渐滋生，并不断蔓延。于是她把焦点集中在了男人的儿子身上："我对你虽然没有办法，但对你儿子会有办法。"

于是她在网上收集杀人的方法，终于她找到了一种快速、简便的方法，毕竟她以前当过护士，学得很快。就这样在校门口发生了这起惨案。就像前面的那个大姐一样，情人的理由也是：我只是想让他爱我。

这两个故事让我想起另外一个小故事，说一个男孩儿的女朋友跟别人结婚了，他很痛苦就问佛祖为什么新郎不是他。于是佛祖给他展现了一个画面：一个死去的女人在海滩上赤裸地躺着，第一个经过的男人看了一眼就走了，第二个经过的男人脱下自己的衣服盖在女孩儿的身上也走了，第三个男人挖了一个坑把女孩儿埋了。佛祖说躺在沙滩上的女孩儿就是你前世的女朋友，给她盖衣服的是前世的你，埋葬她的才是她的丈夫。虽然这只是一个不存在的小故事，但是告诫我们：凡事都有原因，也都有结果。我们不是迷信缘分，但是有些事情真的是谋事在人、成事在天。“我们都是河边的歌姬，却歌颂着不一样的流逝。”当真的不同频的时候，就放下执念，一别两宽、各生欢喜。执念有时候特别可怕，就像牢笼，把人困在里面，不管怎么走，都无法走出；又像暗黑的隧道，望不到头，却又一直在往黑暗中走。这就是人的困境，而且人往往会陷在自己的困境中无法自拔。只要事情想开一些也就真的没有什么了。人，有的时候就怕跟自己较劲，学会跟自己和解也许是这一生的课题。

首先爱自己

最近在看心理学方面的书籍，心理学告诉我们很多道理：跨代家庭结构、原生家庭影响、个体精神分析，等等。一些想法或行为，包括想法奇特、性格偏执、行为不良甚至出轨等都跟心理学有着密切的关系。不管什么派系、什么模式的心理学，生命和爱都是共同的主题。人人都有生命，但不是人人都有生命力，有了生命力，自然就会散发爱的光辉。爱是这个世界的主题，也是我们每个人毕生追求的东西，不管亲情、爱情还是友情，我们一直都在寻找和追求爱的道路上。当一个人内心充满了爱，他的爱才会给予他人，他的爱才会滋养他人；但当一个人缺乏爱时，他只能靠索取别人的爱来填满心中的干涸，自然没有能力去释放爱。因此，如果两个都内心充满爱的人遇到，一定是幸福的，因为他们都会释放自己的爱滋养对方，爱就会越来越丰富。相反两个人都缺少爱，都想从对方身上获取爱，想又得不到时，问题就来了，结局就是互相抱怨、互相指责以至互相伤害。

五千年来，我们中华民族一直都是坚强、勇敢的民族，也铸就了我们隐忍和含蓄的性格，不直接表达感受，有时却以一种怨气或指责的姿态去索取关心和爱。我们也一直都在为他人考虑，看老人的脸色、照顾丈夫的心情、顾及孩子的感受，却总是忽略自己的需求，从没有考虑过自己的身体和心理的状况。就像很多女人结婚后，特别是有了孩子之后，满眼都是丈夫、孩子，给丈夫和孩子买东西、花钱的时候眼睛都不眨一下，给自己买东西的时候却货比三家、挑来拣去，最后却还是不舍得。结果女人成了黄脸婆，男人成了背叛者。

曾经听过这样一个故事，虽然时间过了很久，但是印象还很深刻。一对夫妻，男人在外面打拼，女人在家相夫教子，多年后男人成了有魅力的成功人士，女人却仍然停留在原地，继续在家相夫教子。因为男人想要儿子，女人曾在三年内怀孕八次。后来，男人多次出轨，出轨对象一个比一个年轻漂亮，女人仍在家里照顾孩子，毫无怨言。在女人心中，她的事业就是家庭、就是丈夫和孩子。

无数人骂男人渣男！没错，这个男人就是渣男，没有良心的渣男。可是男人也觉得很委屈，他说：“我也知道她的不容易，可当我回到家，看到她蓬头垢面、大腹便便，本来想对她说几句话，结果话到嘴边又咽了回去。”男人这么说绝对是在找借口，但是仔细想一想，男人的话似乎也不是完全没有道理。人都是视觉动物，特别是男人。女人往往在婚姻中会迷失自己，满眼都是丈夫、孩子，却忘记了自己曾经也是少女，也有梦想。心理专家说：男人和女人在一起不是恩爱，永远都是吸引，女人拥有吸引力，男人才能更爱她。我们常常谴责陈世美，可是想一想，没有哪段婚姻是靠良心能维系的，连恩爱都不会长久，更别提良心了。后来那个女人开始重新审视自己、关注自己，并努力找回自己。她有了工作、有了朋友，整个人也变得神采奕奕了。当初男人嫌弃她的时候，绝对想不到有一天女人会如此有吸引力。

女人首先要爱自己，才能爱他人、才能爱这个世界！在照顾他人的时候，也请要善待自己，倾听一下自己内心的声音，好好地爱自己，让自己充满生命力。如果你的生命之花没有绽放，那你怎么去给你爱的和爱你的人提供营养，怎么去用你的生命力滋养他人的生命力呢。

在萨提亚的冰山中，我们每个人都是渴求关爱的，只有你的生命力中有足够的爱，你的爱才能给予他人、滋养他人。我们也是孩子的榜样，人们说爱打扮的妈妈通常会有一个自信的孩子，因为，妈妈向孩子展现了她的自信，孩子才能像妈妈一样自信。陪伴和榜样是父母应该给予孩子的心理营养。

在 ICU 值班室里有一面正衣镜，上面写着：你美丽，世界就美丽。我个人非常喜欢这段话。你好世界就好；你怎么样世界就是怎么样的。所以，你是一切的缘起和真相！希望我们都能首先爱自己。

第 三 章

爱，无处不在

“每当我对世局倍感忧虑时，就会想到希思罗机场的入境闸口。人们认为世界充满仇恨与贪婪，但我却不同意。在我看来爱无处不在，虽然未必来得轰轰烈烈，但是爱永远存在。父子、母女、夫妻、男朋友、女朋友、老朋友，当飞机撞上世贸大厦时，临终打出的电话，谈的不是报复，而都是爱。如果你肯留意，你会发现爱其实无处不在。

“Love actually is all around.”

——《真爱至上》

“你们把他照顾得太好了。”

病人永远都是需要被照顾的，在普通病房家属也许是照顾病人的主要力量。但是在 ICU，因为家属不能陪伴，照顾病人的责任就落在了医生和护士身上，特别是护士，所有的护理工作都需要他们尽心尽力地完成——翻身、拍背、洗头、擦拭身体、口腔护理，等等。

（20）

在大多数人的印象中，ICU 里到处都是冰冷的机器：监护仪、呼吸机、血滤机、床旁一大堆的输液泵、身上繁杂的管路及监护线。在人们的想象中，ICU 的医生、护士都是口罩、帽子、手套全副武装，以及全副武装下的冷若冰霜。ICU 的病人都是被绑在床上、一动不许动的。

因为 ICU 中家属不能陪护，危重病人清醒的又不多，所以 ICU 在人们眼中既神秘恐怖又冰冷无情，其实真实的 ICU 并不是人们想象中的那样。ICU 中固然有机器，这些机器如果毫无用途地伫立着，那就是冰冷的，可是这些机器为病人服务后，就被赋予了强大的生命力，依靠这些机器，一个又一个生命才能重现鲜活！ICU 医生、护士必须全副武装，只是为了避免交叉感染、应对强大的致病菌。正因为全副武装，就看不到全副武装下火热的心脏。ICU 病人也不都是被绑在床上，只有对那些病情极其危重、神志不是很清楚、不能完全遵医嘱的病人才会适当使用保护性约束。有些病人术后身上保留了好多引流管，每一根管都是救命的，病人觉得不舒服会不自主地拔掉。意外脱管的现象在 ICU 中也会偶有发生：意外拔除气管插管、意外拔除术后引流管、意外拔除输液管，等等。这无疑增加了病人痛苦甚至会造成生命危险。因此，保护性约束用在有些病人身上是非常必要的。

在 ICU 治病救人是第一位的，这里每天不仅上演着与时间、与死神的赛跑，还散发着温暖和关爱。病情好转、神志清楚的病人，都是护士站在床旁一口一口地喂着吃饭，小心翼翼，不能烫嘴又不能凉了，必须得有合适的温度，病人才能吃得舒服。在这里因为没有家属，有的病人会表现得比较焦虑，医生、护士，特别是护士总是会关心他们，不是很忙的时候，还会跟病人像朋友一样聊聊天，对长者礼貌、对同龄人友善、对孩子关爱，鼓励他们好好配合治疗。

有位 80 多岁的老爷爷住在 ICU 已经有段日子了，诊断为：脑梗死、肺部感染。因为脑梗死后遗症，他不得不处于长期卧床的状态，咳嗽功能也受到了严重影响，自己不能咳痰，所以需要护士辅助吸痰。家里只有老伴儿，也快 80 岁了，虽然老爷爷生命体征平稳，可是回家后老伴儿不能照顾，一旦出现痰堵的情况后果可能不堪设想。于是老爷爷就在 ICU 住的时间比较长。虽然他神志清楚，但是因为脑梗后遗症不能用语言表达，每天探视时间老伴儿都会来看他，风雨无阻，见到老伴儿他很开心，总想张嘴跟老伴儿说说话，但只是张张嘴却不能发出声音。这时护士就会拿出写字板，让老爷爷把想说的话写出来。老爷爷很可爱，医生、护士都很喜欢他，特别是护士小姐姐们，爷爷、爷爷地叫着，给他喂饭、做护理，他就咧嘴笑，高兴得像个孩子一样。老伴儿说：“你们把他照顾得太好了，都胖了好多。”老伴儿也会经常带来她自己蒸的馒头、花卷儿什么的分给医生和护士。除了表达一份感谢，感觉更像邻里街坊、好朋友一样彼此关照。

（21）

在ICU老年病人特别多，因为基础疾病多，一旦生病就会很严重，累及多个器官，所以为了更全面地治疗，就会收到ICU。有位老奶奶80多岁了，瘦瘦小小的，此次住院是因为二氧化碳潴留导致的呼吸衰竭，老奶奶太瘦了，不到80斤体重的她看着很是虚弱，好像连说话的力气都没有，眼里也没有一丝光亮，呼吸特别费力、大口地喘着气，整个状态差极了。

刚来ICU的时候，明显的低氧伴二氧化碳潴留，因为无创呼吸机通气改善不明显，于是就进行了气管插管、机械通气治疗。在改善呼吸衰竭的同时，我们加强了平喘、雾化、抗感染以及营养支持治疗，后来病情好转、氧合及二氧化碳潴留明显改善，就拔除了气管插管，进行无创呼吸机过渡。

但是老奶奶真的太虚弱了，虽然戴着无创呼吸机，但呼吸还是很费力，整个人的表现就是呼吸肌无力的状态，而且刚开始的时候跟呼吸机配合得也不是很好，医护人员就在床边反复地教她呼吸——怎么能跟呼吸机达到同步，并鼓励她，让她增加战胜疾病的信心和勇气。除了护士守在床边喂饭，为了让老奶奶能更有力量，我们也加强了营养支持治疗。在我们的综合治疗下，在我们不断地努力和鼓励下，几天后老奶奶的病情明显好转，看着也精神了许多，就开始尝试脱离呼吸机。

渐渐地，老奶奶的状态越来越好，从脱机 1 小时到 2 小时再逐渐延长，终于完全脱离了呼吸机，通过监测，氧合和二氧化碳潴留情况并没有明显恶化。又观察了两天，老奶奶的病情无反复，于是顺利地转到了普通病房。老奶奶对医护人员给予的关心和照顾特别感激，说我们不仅救了她的命，而且她感觉比以前还更有劲儿了。家属也特别感激，说我们不仅把老奶奶的病治好了，还给了她很多关心和鼓励，让她有信心、有勇气战胜疾病，她目前的状态看着比在家里还好呢。

对她的要求，
他永远都回答：“好的。”

老伴儿老伴儿，也许到老了才觉得是伴儿，也许到老了才知道真正需要的是伴儿。经历了人生的风风雨雨、大起大落，走过了生命的春夏之后，父母已经不在、孩子也各自生活，此时才真正明白，老伴儿的重要。

（22）

一位 80 多岁的老奶奶，患有慢性肾功能不全多年，这是她第二次住进 ICU。第一次住院的印象已经不那么深刻了，因为第一次病情好转得特别快，很快就转肾内科进行规律透析了。第二次来住院是因为在肾内科透析的时候，出现了恶性心律失常，虽然转复后生命体征是稳定的，但是还需要进一步观察，而且因为疫情也不能面授规律的血液透析，而要进行比较温和的床旁血液净化治疗，且恶性心律失常很有可能会再次发生，威胁生命，所以需要来 ICU 进一步监控和治疗。

记得以前她似乎就黑黑瘦瘦的，慢性肾功能不全、透析的病人大多都会表现这种肤色。这次似乎比上次更黑、更瘦了，脸色凝重、不苟言笑，头发依然不多，稀疏地排列在头顶上，还有为数不多的几绺低低地垂在耳边。不禁让人想起《神雕侠侣》里的那个老太婆——裘千尺。不过她比裘千尺要幸运得多，她的“公孙止”对她照顾有加、呵护备至！每天探视时间都会过来陪着她，而她就像一个爱撒娇的小孩子一样，不高兴了就冲老伴儿发脾气，而老伴儿永远都是呵呵地笑着。长时间躺在床上一定是不舒服的，而且还要不时地进行血滤，于是她躺下了、坐起来，坐起来、躺下了，每次都跟老伴儿说“快点快点”，回答永远都是：“好的，快了快了。”有段时间老奶奶的肠道不太好，吃什么都腹泻，有时候一天腹泻好多次，只要老伴儿在，老伴儿就不厌其烦地擦啊擦。每次她依然要说：快点快点；回答依然是：好的，快了快了。

“一个在闹，一个在笑”，这种爱情美好的样子会让很多人羡慕。

对于老奶奶的要求，老伴儿总是尽量做好。我们不禁好奇他们年轻时的样子，是不是也如这般甜蜜？老伴儿讲年轻的时候，老奶奶是北京当地人，家里条件比较好，而他是从外地来北京的，他家穷，什么都没有，可是老奶奶并不嫌弃他。虽然老奶奶从年轻时就不会做家务，但是对他、对孩子、对家却是真诚的、实心实意的。开始结婚的时候，他也因为老奶奶不会做家务吵过架，但是转念一想，要是谁都能样样做好，那就不是凡人而是神仙了。所以，他们相濡以沫地走过了近 60 年的岁月。我们问他：“婚姻有什么秘籍吗？”他笑笑：“理解、包容，以一颗宽广的心对待彼此，婚姻本质上就是求同存异，多沟通、多交流，这样生活才能越来越好。”我们跟他说：“您照顾老伴儿照顾得这么用心、这么好，真的很不容易。”他笑笑说：“她这辈子即使什么都没有，只看在用命给我生儿育女的分儿上，她就值得我这样。而且老伴儿老伴儿嘛，老了才更要陪伴！”

是啊，虽然道理很简单，但是年轻的时候却不懂，或者不能深切地理解。除了自己的爱人，其他人似乎都很重要；除了不关心自己的爱人，对其他人似乎都很关心。两个人相互抱怨、指责，争吵甚至动手，直到把婚姻摧残得体无完肤。可能到老了才开始后悔，只是为时已晚。趁着生命还在，趁着还能一起生活，多关心和爱护枕边人吧，因为他 / 她才是你生命最终的依靠！

（23）

有位阿姨是本院职工，因为“脑梗死”入院，急诊行介入手术治疗进行开通血管，术后回到 ICU。这位阿姨 60 多岁，退休后就在家里待着，儿女都在国外，她每天的生活就是收拾收拾房间、跳跳广场舞，也没有什么操心的事儿，倒也怡然自得。结婚这么多年了，她从来没有下过厨房，都是老伴儿在厨房忙活。

可是有一天，在跳广场舞的时候她突然晕倒了，检查后诊断为：脑梗死。因为时间比较短且在窗口期，于是紧急进行介入手术以开通血管。刚做完手术、阿姨还没醒的时候，探视时间老伴儿来看她，就哭着对她说："老伴儿啊，你一定要醒过来，要不我做饭给谁吃，我煲的汤给谁喝啊，你要是不在了，我照顾谁去，以后我自己该怎么活啊？"他每天都会向上苍祈祷，祈求老天让她醒过来、好起来，即使卧床了也没关系，他会永远照顾她的。皇天不负有心人，可能是他的祈求感动了上天，阿姨慢慢地醒了。术后阿姨恢复得还不错，除了有一侧肢体稍感无力外，语言、活动都还可以。每到下午的探视时间，老伴儿就过来看她，每次来都会带上他煲的汤：鸡汤、骨头汤、鱼汤……反正是各种各样的汤，老伴儿是广东人，煲得一手好汤。他说阿姨最喜欢喝他做的汤，这么多年了，不管他做什么饭，阿姨都赞不绝口，可以看出，他们的感情很深，因此，阿姨被他照顾得很好。

每次探视的时候，他总会给阿姨擦拭身体，不管护士擦拭得多干净，他总要自己再做一遍，边擦拭还边鼓励阿姨："你要好好配合治疗，你好了我才好，全家才能好。"而阿姨就会笑着说："就让你伺候我，你在这儿我心里才踏实。"阿姨还会表现出小女人的娇羞，也会撒娇："你快点啊。"老伴儿笑呵呵："好的，好的。"后来阿姨病情好转得很快，一周后就转到普通病房进行康复治疗了。

这种爱情人人都会羡慕，也都希望家庭和睦、夫妻相敬如宾。每一对夫妻结婚的时候都是奔着天长地久去的，可为什么生活在一起后，反而过成了彼此最讨厌的样子？尽管讲了许多的道理，而且其实道理很简单易懂，但是真正能做到像这对老夫妻这般的却没有几个。困在婚姻里的人，不是指责就是抱怨，不会好好珍惜在一起的时间，人生短暂，这一辈子拥有，下辈子不一定会再遇见。特别喜欢一段话："我们都要好好珍惜在一起的时间，不要等到时过境迁时说声遗憾，也不要盼望下辈子还会再见，因为根本没有下辈子，让你停止心灵的不安，让你弥补今生的亏欠。"

在他眼中，她永远是最美丽的

“女为悦己者容”，每个女孩儿都希望自己美丽，且能永远美丽，特别是在心爱的人面前，更要美丽。我们也经常能从电视上看到，如果女孩儿生病了，觉得自己不美丽了，就不敢去面对男朋友了，因为她希望把自己最美好的一面留在男朋友的心中。但是真正的爱情不在表面，更重要的是在灵魂深处的爱恋。

（24）

有次去急诊会诊的时候，无意中看到一位“纵隔肿瘤”的病人：29 岁的年轻女性。一眼扫过、只是那么轻轻一瞥，就被震惊到了，甚至可以用惊愕来形容：她坐在床旁边的椅子上大口地喘着气——明显的呼吸困难，小小的脑袋上顶着稀疏的头发，从前面看，也就几根垂在前额上；脸倒是还算白皙，但略浮肿，下颚处一片红紫的印记十分醒目，不知道是以前就有的还是化疗后才出现的。走近看，她的眼睛不大，空洞、已失去了光芒；胸部明显膨隆，像吹起来又有点撒气的气球，不是很饱满，有的地方还有些许塌陷；穿着厚厚的棉裤，尽管已是冬天，但总觉得有些过于厚重，撩开裤脚才发现那些厚重竟是因为浮肿。不知道她得病以前是什么样的状态，但是现在可能连她自己都不敢照镜子看自己吧！

我纳闷儿她为什么不躺在床上而是坐在椅子上，原来她在家的时候就是这样坐着，已经坐了好几个月了，是因为纵隔肿瘤导致的，完全躺不下。旁边两位年长者是她的父母，还有一位年轻男性坐在她的对面，离她很近，他紧紧地握着她的手，眼神中有温柔、还有很多不舍，慢声细语地在跟她聊天，病人有时候皱皱眉头，有时候又莞尔笑笑。特别温馨的场面，我开始以为是她老公，后来才知道是男朋友。

我不禁愕然，原来真的有这种不抛弃、不放弃的爱情！

首先她肯定是不幸的，肿瘤、化疗的痛苦已经把她折磨得面目全非，变成别人眼中的“惊愕”，我想身体和外观变化带来的苦楚一定会在夜深人静时吞噬着她；但她又是幸运的，因为有一个始终爱她的男人，不管她变成什么样子，在这个男人眼中她始终是“最美丽”的女人。试问，当病魔缠身、面目全非的时候，有几个人能得到这种真心的陪伴？又有几个人能拥有这种不离不弃的爱情？相信有爱的力量的陪伴，她能够拥有战胜疾病的信心和勇气，重新拥有崭新的人生、拥有闪亮的生活。

（25）

记得在血液科转科的时候，有一位姑娘叫小叶，她是进行骨髓移植后在移植仓里的病人。移植仓是无菌化的，清洁度要达到一定的等级，输液的泵、输液瓶子都是放置在病房外面的，因为经常换液体会破坏清洁环境，导致污染。仓里会有一位家属陪同，当然家属也不能随便出入。

小叶 30 岁，我看到她时，她的脸色苍白、没有一点血色，短短的、像男生一样的头发留在头顶上，据说术前化疗的时候，头发都快掉光了，她索性就剃了光头，后来不化疗了，才又长出来点儿。她眼睛很大，但无光泽，整个人无力、虚弱，懒懒地躺在床上。旁边有位家属在拿着毛巾给她进行物理降温，因为她发烧了。家属拿着毛巾在洗手盆和床旁来回奔波，洗完毛巾赶紧放到她的额头上，过一会儿再拿下来去洗，还时不时地摸摸她的额头，跟她间断地对话，但是小叶显然没有力气说话，只是偶尔点点头或者摇摇头。我在外面看着这一幕，心里很暖。在观察了一会儿生命体征、确定没有大的问题后，我便回到办公室去改医嘱。

据说小叶刚来住院的时候很漂亮，皮肤虽然不算白，但是高高瘦瘦，大眼睛忽闪忽闪的，看着她的眼睛似乎有故事一般，长长的黑头发披在肩后，谁看到她都会觉得这是个漂亮的姑娘。可不幸的是，她得了白血病，家里东拼西凑、好不容易才凑够了她的移植费用，还有一部分是男朋友出的，就是在病房里陪着她的那个家属。从她住院以来一直都是男朋友陪着，小叶的爸妈不忍心看男朋友这么累，就想代替他照顾女儿，可是男朋友很坚决：“叔叔、阿姨，就让我多多陪陪她吧。”小叶的父母很动容，觉得女儿真的找了个好人！

小叶性格有些内向，不太爱说话，但很有礼貌、很温柔，说话总是轻声细语，很少着急、发脾气。病房里的医生、护士都很喜欢她，每次去查房、换输液，都会跟她聊一聊，除了病情外，还会鼓励她要有战胜疾病的信心和勇气。她也很坚强，做骨穿的时候很疼，但她从来不喊疼、也不哭，总是以一种坚强的姿态展现在所有人面前。

男朋友说，他有一个心愿，就是等小叶好了，就和小叶结婚，就在他们相识 5 周年的纪念日那天。小叶说要是不好怎么办，男朋友说不好也要结婚，即使是在病房里，他也一定要让小叶成为他最美丽的新娘！

小叶是不幸的，但又是幸福的，陪伴是最长情的告白，坚守是最亘古的爱恋！我们坚信小叶一定会好起来成为最美丽的新娘！

我国古代有很多诗句来描写这种爱情的坚贞，比如“君当作磐石，妾当作蒲苇，蒲苇纫如丝，磐石无转移。”“共卧锦衾话石烂，同看鹊桥等海枯。”“我欲与君相知，长命无绝衰，山无陵，江水为竭，冬雷震震，夏雨雪。天地合，乃敢与君绝。”最后借用诗人顾城的一首诗：“草在结它的种子，风在摇它的叶子，我们站着，不说话，就十分美好。”这可能就是爱情最美好的样子！

“妈妈，你为什么要去采核酸？”

（26）

2020 年的春节，注定是不平凡的，也注定是被值得铭记的。

除夕夜里万家灯火，分开了一年的家人在这一天得以团聚。可是有一批勇敢者要与家人话别、走进黑夜，只为带给更多人光明，他们毅然决然奔赴战场——驰援武汉！他们是谁？他们是白衣战士，他们是忠诚卫士，他们是最美逆行者，他们是共和国之子！此后一批又一批的白衣战士奔赴武汉，舍生忘死。鲁迅先生说：“我们从古以来，就有埋头苦干的人，有拼命硬干的人，有为民请命的人，有舍身求法的人。”而他们就是舍身求法之人。

全国行动、全民动员、地毯式排查进行全员核酸检测，这是我们科学应对疫情行之有效的措施和方法。也正是采取这一举措，我们遏制了病毒的肆虐和蔓延，取得了抗疫的阶段性胜利，但是后期的防控仍然任重道远。我所在的医院也积极响应国家号召，先后派出一批又一批的医护人员参加核酸检测任务，到社区、到学校、到隔离点，凡是需要的地方，都有我们的身影。六七月份的北京，艳阳高照，热气腾腾，就是坐在树荫底下也会滋滋冒汗。而我们不怕炎热、不惧高温、不辞辛苦、也不抱怨。虽然没有在武汉一线，但是做好后方的防疫工作一样意义非凡。

“做好防护”是出发前医院领导对全体人员的叮嘱，也是保证核酸检测任务顺利完成的先决条件。只有自己做好防护，才能为更多的老百姓服务。秉承这个理念，我们一丝不苟地穿好防护服，戴上帽子、口罩、护目镜、防溅屏……一切就绪后才能上岗。我以为只是汗流浃背，可除了汗水浸湿，更可怕的是窒息，闷得无法喘气。我一直觉得我有点幽闭恐惧症，特别害怕狭小的空间，特别怕被紧紧包裹，也特别害怕沉闷。当我把一整套防护用具穿上的时候，瞬间的感觉就是无法呼吸、大脑缺氧，那种沉闷和窒息的感觉直到现在依然那么清晰。我努力让自己镇静，放慢呼吸，我在心里告诉自己：坚持！那些身在武汉的一线人员，不是每天都要面对这样的沉闷和窒息吗？跟他们比起来，我这点又算什么呢？！我慢慢地呼吸，慢慢地喘气，其实也不敢深度呼吸、不敢大口喘气，因为那样带来的是更为严重的缺氧和窒息。

核酸检测顺利完成后，脱下防护服，衣服已完全被打湿，汗水顺着头发滴下来，一滴一滴地叩击着大地，瞬间又被阳光吸收，留下的点点汗渍也融入大地之中。我想起在电视上看到，疲惫了一天的医护人员脱下防护服时口罩勒坏的脸颊、疲惫不堪的眼睛、满是坑洼的双手和汗水浸透的衣衫，突然眼眶热热的、湿湿的，眼前的景物已模糊一片。站在这坚实的大地上，迎着微风，仿若新生一般，大口地呼吸着带有生命味道的空气，那么鲜活、那么自由。这时候，真切地感到：活着多么美好！跟疫区的人们比起来，我们又是多么幸福。我们虽然不在武汉，虽然没有奋战在一线，但我们的心跟他们是一起的，我们在努力保障后方安全。

2022 年 4 月底，疫情突然席卷北京部分地区。面对再次发生的新冠肺炎疫情，再次启动全员核酸检测，医院紧急组织、部署，全民抗击疫情！

4 月 26 日凌晨 1 点多，哄小宝宝睡觉的我突然醒了，平时都是哄小宝宝睡后直接就睡了，中途除了喂奶很少醒（小宝宝才 7 个月，还在哺乳期）。那天不知道怎么就醒了，拿起手机一看，医院在紧急集合队伍参加海淀区核酸检测任务，于是我响应领导号召，积极报名参加。我以为那么晚了不会有回复，没想到群里秒回，我知道从院领导到科室主任再到负责组织的老师都没睡觉。本来通知早上 5：30 单位集合，我就定好了 4：30 的闹钟，想睡一会儿，担心采样时会犯困，后来喂小宝宝吃奶，看手机有没有新通知，一看吓了一跳，睡意全无。原来群里通知集合时间改为 4：30，我一看表已经 4：20 了，赶紧给老师发信息，老师说尽量赶过来吧。我牙没刷脸没洗，看了一眼熟睡中的小宝宝，披上衣服飞奔下楼，因为家离单位比较远，就站在路边打车，4 点多四环外的街道没有几辆车，等了好一会儿才打上车，跟司机师傅说尽快、赶任务。路上给奶奶打了个电话，本来不想惊醒奶奶，又怕小宝宝哭，没人听见。

车子飞奔，5：10 分到达医院，大部队正要出发，赶紧跟着上车。其实单位食堂给大家准备了早餐，虽然简单但很暖，因为我来晚了，就空着肚子跟随大部队上车了。几辆大车（具体几辆不清楚）行走在黎明的街道，看到了好多科室同事，一问大家基本都没睡觉，随时待命出发！我在车上混混沌沌，想睡睡不着、又很困。车子行驶了一段时间，陆陆续续把大家放在采集点，我的采集点在巴沟华联那里，商场还没开门，我们在工作人员办公区待命！

各项工作准备好后马上就开工了，那天阳光很好，风也很大，树枝随风摆动。可能是太阳公公怕我们太热，所以叫来风姑娘，一直到晚上 8 点钟，我们采样结束。从凌晨太阳还没升起到夜晚太阳落下山去。回到家时，两个宝宝还没睡觉，我赶紧给大宝宝洗漱，然后哄小宝宝睡觉。因为一天没吸奶，涨奶涨得难受极了，衣服也湿了一大片，除了汗水还有奶水。第二天再吸奶就少了很多……

五一劳动节放假期间，又接到了核酸采样任务，本来报名 4 号，结果 3 号也要采，同事问我 4 号改到 3 号可以吗？我说没问题。早上 6：00 集合，6：30 出发。采样前一天跟大宝宝交代这件事。

“明天妈妈要很早起床去采核酸。”

“不要妈妈去，妈妈在家陪我。”

“妈妈有工作要做啊，要去进行核酸采样，然后才能一起打败新冠病毒这个小妖怪。”

“为什么你要去呢？”

“因为妈妈是医生啊，这是妈妈的责任，你看来我们社区采样的阿姨，肯定也有小宝宝在家等着她呢。”

她似懂非懂地哦了一声：“那你要早点回来好吗？”我认真地点了点头：“任务一结束，妈妈马上就回家陪你。”此后，我也多次参加核酸采样工作，每次她都说：“妈妈早点回来。”

我们看到在疫情期间奋战在一线的医务人员，我们感叹，好辛苦的“大白”，他们的付出有家人的支持和鼓励，他们的坚守更有家人的陪伴和关怀……抗击疫情不是简单的你我，还有全社会的理解和共同努力，一句你们辛苦了，就足够温暖疲惫的身心！无数个妈妈在曾经封城的武汉、在疫情肆虐的上海、在当下的北京、在全国各地……她们舍下嗷嗷待哺的孩子，舍下颤颤巍巍的老人，舍下了自己的“小家”，为了“大家”的健康、为了疫情清零！当然还有无数个爸爸、无数个女儿、无数个儿子，都在为这个“大家”尽自己的力量。

这场战“疫”，我们每一个中国人都经历了心灵的洗礼，把自己的小我融入了祖国的大我，书写了“舍小家为大家”的爱国主义家国情怀；体现了人民至上、生命至上的政治品格；展现了不惧牺牲、敢上必胜的斗争信念；发挥了科学救治的实践精神。

病毒无情，人间大爱，在党的坚强领导下，全国人民同心同德、众志成城、精诚团结、万众一心，在疫情面前不低头、不认输，发扬特别能吃苦、特别能奋斗、特别能攻坚、特别能战斗的优良传统，坚决打赢了这场攻坚战，取得了抗疫的辉煌战果！“艰难困苦玉汝于成”“沧海横流方显英雄本色”，大疫见真情，守护有英雄！所谓的岁月静好，是有人在负重前行！无数平凡的英雄，建起了守护全国人民生命健康的钢铁长城。愿经历风雨后小我成长，愿涉过风浪后家国瑞祥！愿山河无恙，愿人民安康，愿国家富强！

爱，无处不在

ICU 似乎是个神秘的地方，医护人员都是久经沙场的战将，每天与死神较量，但是推开这扇神奇的大门，你会发现，医护人员不仅承担着挽救患者生命的责任，同时见证了生命的脆弱和坚强、见证了生活的关爱和温暖。爱，就是一个特别温暖的字眼。爱，无处不在。

在我们的生活中，处处充满爱，不论在大事还是小事中，都体现了爱的存在。特别是在最接近生老病死的医院，随处可见爱的浸润。比如以下几个小故事。

妻子的病情很重，虽然治疗了很长时间，治疗的力度不断加大，但病情还是在不断地进展、恶化。医生详细地跟丈夫交代病情后，丈夫其实心里早有准备，也理解妻子的病情，因为从一入院医生就在跟丈夫不断地沟通病情的变化。但是当医生说出可能过不了今晚的话后，丈夫的表情很凝重、眼眶里霎时充满了泪水，但还是极力压制自己的感情，强装镇定地说："医生，我们都尽力了，她也不用再受罪了！"我们从这位丈夫身上看到了他对妻子的爱与不舍。

母亲病情突然恶化，紧急联系女儿，女儿表示一定要积极抢救治疗，因为她想看母亲最后一眼。虽然医生尽了全力，可是母亲最终还是没有等到女儿的到来，就永远地闭上了双眼。女儿跪在母亲的病床前、拉着母亲的手，号啕大哭、哭得撕心裂肺："妈，对不起我来晚了，你能再看我一眼吗？你走了，我就再没有妈妈了……"父母在，人生尚有来处；父母去，人生只剩归途。

一位 50 多岁患有重症胰腺炎的母亲，她的女儿刚满 20 岁。经过积极治疗后她的病情一度好转，但是突然感染加重，导致病情恶化且持续进展，医生跟家属交代了病情及可能的预后情况。她的女儿来看望弥留之际的母亲，医生问母亲："您看看谁来了？"母亲很费力地睁开双眼，用极度微弱的声音说："这是我的宝贝！"当时在场的、过后听过的，无一不泪流满面！我们也会经常看到得了老年痴呆的父母，他 / 她即使忘记了一切甚至忘记了自己，也不会忘记孩子、不会忘记孩子的喜好、更不会忘记孩子小时候发生的点点滴滴。

老爷爷因为疾病去世了，年迈的妻子送他最后一程。妻子表面上虽然很平静，但是我们猜想她内心一定波涛汹涌，只是在强烈地压抑自己的感情。她缓慢而温柔地擦拭着丈夫的全身，边擦拭边不停地说着他们曾经拥有的时光：第一次相识、第一次吵架、他第一次给她买花；他们怎样结婚、生子；孩子上学了、工作了、结婚了，等等。她在默默地细数着两个人曾经的光阴，不管甜蜜的还是争吵的。说着说着她还是没有控制住，流下了两行眼泪。当擦拭完全身后，妻子在丈夫的额头深深地一吻，老泪纵横地说："你在那边等着我……"

儿子16岁，还在上高中，突然有一天感觉左腿不太好使、走路想摔倒，同学也反映他最近好像说话有点"大舌头"。爸爸急忙带儿子来到医院看病，在病房里，爸爸每天都扶着儿子走路，为的是加强功能锻炼。有时候儿子走累了，爸爸就将他抱起来，温柔地说："你小时候爸爸就是这样抱你的，现在你比爸爸都高了、抱不动了！"

孔子说世间最大的爱就是亲亲之爱。亲亲之爱是一切爱的基础。可是在相当多的家庭中，相互关心却又相互伤害成了这种亲亲之爱的核心，这就是上千年来中国家庭的现实和现状。明明很关心，却总说出伤害的话语；明明很在意，却总是假装漫不经心；等到真的分离了、分开了才后悔莫及。因此趁着亲人尚在，珍惜我们之间的爱吧，勇敢表达、勇于流露最真实的情感！即使没有华丽的辞藻、没有富丽的外衣，它也同样会开出美丽的花朵、结出幸福的果实。

爱是沙漠中的一泓清泉；是枯树上的一片新绿；是夜空中一颗颗闪耀的星星。爱，真的无处不在！

第 四 章

给生命一个拥抱

对于活着，每个人都有自己的哲学。为什么活着，每个人都有自己的困惑。生命真正值得重视的是什么？“唯有经历了死，才明白该如何活。生命的意义在于沟通，在于寻求和爱的人之间的关系。”

——《最后 14 堂星期二的课》

“我的命是你们给的。”

古往今来，多少文人、多少诗词歌赋、多少文章都表述过生命，都阐述过生命的意义。生命很宝贵，因为每个人的生命只有一次；生命很难得，因为每个人的生命不可重来、不可复制，而医生的使命就是让濒临枯萎的生命能够重现鲜活！

（27）

曾经在我们 ICU 工作的一位保洁大叔，他 50 多岁，个子矮矮的、有点驼背、皮肤黑黑的，一只眼睛还受过伤、看东西也不是很清楚，方阔的鼻子、厚厚的嘴唇，头发有些稀疏，总体来说其貌不扬，让我不禁联想到《巴黎圣母院》中那个面目丑陋却心地善良的敲钟人——卡西莫多。这个大叔性格偏内向，也不太爱讲话。但是工作很认真，干活儿仔细、踏实，犄角旮旯儿的地方也依然打扫得干干净净，而且从来不抱怨脏和累。

一天在干活儿的时候，他感到一阵胸痛、憋气，十分难受，一查心电图，结果吓了一跳：心肌梗死。为了更进一步确诊，急查了心肌酶及心脏超声，症状结合检查结果可以明确诊断：急性心肌梗死。赶紧让他住院治疗，但是光输液恐怕不行，必须得开通血管。于是医生跟他说需要做冠脉造影，必要的时候可能会放置支架，他听了直摇头：“输点液、吃点药就行了，不用做那玩意儿。”我们不太理解，就问他为啥不做啊，经过反复追问，他才吞吞吐吐地说太贵了，没有钱，所以就不想做了。

针对这个情况，科里领导马上向院里领导做了汇报，院里领导很重视，当即召开会议，商讨解决办法，最终决定减免部分费用，以便可以让他更安心地接受治疗。当他得知这个消息后，感动得哭了起来，他说除了亲人，从来没有其他人对他这么好过！但是他手里的钱仍然捉襟见肘，于是科里决定为他捐款，每个人即使贡献一滴水也能汇成汪洋大海。手术做得很顺利，术后恢复得也不错，待病情稳定后他就回了老家。出院时因为手里还有一些余钱，他想把这些钱退还给科里，但是领导说给他用作回家的路费，他又一次感动得哭了。

他的老家在甘肃的一个小村子里，他说那个小村子很贫穷，年轻人能出来打工的都出来了，他儿子也在外面打工，现在家里除了他妻子之外也就没有别人了。他想回到家帮着妻子做点农活儿，这些年他在外面，觉得亏欠妻子得太多了。等儿子结婚、生娃了，他们老两口就帮忙带孩子，也可以替儿子减轻点负担。其实这也未尝不是一种田园牧歌式的恬静生活。

他是满含热泪离开的，不断地重复着谢谢，可能除了感谢，别的语言都不能表达他的心情，别的语言都显得那么苍白无力。他说："我的命是你们给的，你们就是我一辈子的恩人！"

治病救人是我们每个医者的责任，也是我们的使命担当！每次看到有生命又活过来，我们心里无比的开心和满足，也许这就是所谓的成就感吧，希望这种成就感能一直陪伴着我们。

（28）

一位重度呼吸衰竭的患者，严重的低氧伴二氧化碳潴留。

患者是一位40岁的年轻男性，体重很大，足有200多斤，整个皮肤都是黝黑的，口唇及指甲均呈黑色，但不是急性缺氧导致的那种发绀，而就是黑，我们推测患者可能长期就已经处于缺氧的状态了，就像西藏等高海拔地区耐受缺氧后的一种表现。因为患者神志处于昏迷状态，重度呼吸衰竭，来ICU后立刻就给予了气管插管、呼吸机辅助呼吸。

即使在病因不明的情况下，抢救生命仍然是放在首位的。虽然患者目前气管插管、呼吸机辅助呼吸，但是起初氧合改善得并不理想、二氧化碳仍有重度潴留。于是我们加大了呼吸机的支持力度，并在床边守着患者，根据病情不断调整呼吸机治疗参数，慢慢地患者外周氧合开始逐渐上升，血气提示二氧化碳潴留情况也有所好转。

因为家属提供的病史不是很清晰，医生便反复、努力地向家属询问病史，希望能找到与此发病相关的蛛丝马迹，经过反复询问，患者既往有呼吸睡眠暂停低通气综合征（SAHS），在 SAHS 中，阻塞型呼吸睡眠暂停低通气综合征（OSAHS）占大多数，由于 OSAHS 可导致呼吸衰竭。

但是进一步结合体征及化验检查我仍考虑不能除外肺栓塞的可能，因为如果 OSAHS 导致的呼吸衰竭通过呼吸机支持治疗，可以很容易动走，但是他的低氧化软顽固，于是我们选择肝素泵入抗凝，并密切监测凝血功能。因为患者病情重、呼吸机支持条件很高，无法到 CT 室行肺动脉增强 CT 检查以明确是否存在肺栓塞。于是积极与血管外科沟通，看能否行肺动脉造影，如果造影显示有血栓就可以直接取栓，如果没有血栓，也就进一步排除了肺栓塞的问题。

但是因为病人病情重，行肺动脉造影风险也很大。后来经过与家属积极沟通后，家属表示愿意冒险尝试。肺动脉造影提示右肺下段的肺栓塞，并予以成功取栓。联合强化抗感染治疗后，患者病情好转，低氧及二氧化碳潴留得到纠正，治疗 1 周后成功转出 ICU。

这让我想起了曾经一个患有哮喘的小伙子，是晚上从急诊收的，之所以记得如此清楚，一是他的病情很重，严重的哮喘发作；二是第二天下夜班我要去登记结婚。病人很年轻，不到30岁，既往有支气管哮喘病史，此次来院是因为哮喘急性发作。因为重度低氧及二氧化碳潴留同样给予了气管插管机械通气，并给了平喘、解痉的治疗，然后从急诊收入ICU。

入ICU后，我们继续呼吸机治疗，但是患者的潮气量始终不高，感觉呼吸机所提供的气体似乎没有进入肺内，我们切换了很多呼吸机模式、上调呼吸机参数、加大呼吸机支持力度，但是种种的努力均无效。于是我们尝试摘掉呼吸机，用简易呼吸器（俗称皮球）人工通气，捏皮球后潮气量能上升一些，但是换成呼吸机后还是不行，一直站在床旁捏皮球也不是办法啊。凌晨3点多，领导紧急从家里赶到科里，根据判断，患者应该存在严重的支气管痉挛，双肺听诊已经没有任何呼吸音了，就是严重哮喘之后的“寂静肺”。于是紧急用纤维支气管镜查看，并在镜下应用小剂量肾上腺素，希望可以解除支气管痉挛，万幸的是这些治疗手段有效，潮气量开始缓慢上升，氧合及二氧化碳潴留均慢慢改善。

这两个患者均存在低氧及二氧化碳潴留的问题，但是病因不一样，所以在治疗过程中一定要注意病因、刨根问底，才能更有针对性地治疗。我们很欣慰他们的病情得到了及时有效的治疗，家属也很感激我们所做的一切努力，患者更是连声致谢:“是你们给了我第二次生命！”

（29）

一位 60 多岁的阿姨，因为“发热、腹泻伴呕吐 3 天”入院。在外院就诊的时候，已经出现了血压下降，胸部 CT 提示肺部感染，于是诊断：肺部感染、感染性休克，给予抗炎、补液、升压、退热等对症治疗。血常规提示白细胞、血小板及血红蛋白均明显降低，便给予升白细胞、升血小板等对症治疗，但是患者病情并没有明显好转，于是转入我科。

转入后，患者高热、心率快、血压低，血常规仍提示三系（白细胞、血红蛋白、血小板）减低，严重感染，伴有低氧血症。因患者三系减少，考虑血液系统疾病可能性大，于是完善了骨穿检查，骨穿提示：骨髓增生异常综合征（MDS）。原因是什么呢？

追问病史，因为患有既往重症肌无力，长期口服硫唑嘌呤。很多文献有报道，长期服用硫唑嘌呤可引起骨髓抑制，所以，我们推测是硫唑嘌呤导致的骨髓抑制，进而引发MDS。我们积极给予对症支持治疗，但是因为患者病情很重，还伴有多脏器功能不全。尽管我们全力治疗，但开始的时候治疗效果并不理想，我们反复跟儿子交代病情，儿子也特别理解："医生，你们尽管治疗，我们全力配合。"治疗期间，他也曾动摇过，想着如果治疗不好就把他母亲带回家，因为他母亲之前说过不想在医院里去世。我们多次鼓励儿子：再治疗看看情况，如果实在不行再回家。

我们根据她的病情反复调整治疗方案：针对炎症、针对脏器功能、针对免疫调节，并及时输注血制品。经过我们的精细化调整及不懈努力，终于她的病情有了转机，三系开始缓慢回升，炎症指标逐渐下降，脏器功能也开始改善。在ICU度过了生死难熬的3周后，病情稳定转到了普通病房，又继续巩固治疗2周后，治愈出院。

出院的那天，阿姨激动得热泪盈眶：终于活过来了。她儿子不住地对我们说谢谢，还送给了我们一面锦旗。我们也打心底里欢喜，并叮嘱她吃硫唑嘌呤一定要定期复查血药浓度，及时调整剂量，以此为戒，千万不要让这次的事情再发生。

也许唯有经历过死，才明白生命该怎么活，才能更深刻地理解生命的内涵和意义。生命是一切的基础，给生命一个大大的拥抱吧！

“妈妈，请你看我一眼。”

每个孩子都是落入凡间的天使，孩子对父母的爱是深情的、没有条件的，一如父母对孩子的爱是不求回报和索取的。每个生命都很珍贵，每个生命都值得用心、用尽全力去爱、去呵护。

（30）

20 岁的姑娘小李是一名大学生，身高 162cm，体重却只有 70 斤，骨瘦如柴。

因为“进食困难 1 个月”入院。刚看到小李时，她正安静地坐在床上，又长又直的头发披在后背上，头歪着朝向窗外的方向，正午的阳光刚好投射到她的脸上，我看到她闭着眼睛，仿佛在迎接阳光。夏天的阳光人们都避恐不及，唯独她似乎很享受这一刻的照耀。我轻轻地叫了她一下，她转过头，缓缓地睁开眼睛，对我微微一笑，笑容很温柔、也很甜美。通过在询问病情中的交谈，我感觉她是个很内向的姑娘，问什么答什么，脸上基本没有任何表情，眼神中也透着忧郁，偶尔笑笑也很控制，说话轻声轻语，好像怕打扰到别人一样。还时不时地拽拽衣角、撩一撩掉下来的刘海儿，可以看出她有些小紧张。我的直觉告诉我，这一定是个有故事的姑娘。在完善了一系列检查后，并没发现大的器质性的问题，请多个学科会诊后，最后诊断：神经性厌食。

那么病因是什么呢？我们再次仔细、详细地询问病史，没有常见的减肥、吃药等诱因，那会不会存在精神因素呢？我们再次找到小李，几天的相处下来，她已经不再那么紧张和羞涩了，于是小李向我们讲述了一个故事。

原来，小李还有个弟弟，是在她 12 岁那年降生的。家里有重男轻女的传统意识，自从弟弟出生后，一家人都围着弟弟转，小李渐渐就有了被轻视的感觉。而且每次弟弟跟她抢东西，家里人永远都说：你是姐姐，就该让着弟弟。弟弟有了家人的撑腰，更加肆无忌惮，有时候明明是他犯的错误，就推到姐姐身上，家里所有人开始批评她、责备她，没人愿意听她的解释。她感觉家人都不喜欢她，因此她做任何事就更小心翼翼了。为了引起爸爸、妈妈对自己的重视，她开始学着讨好，讨好爸爸、妈妈、爷爷、奶奶甚至弟弟。全家人都以为小李长大了、懂事儿了，高兴的时候还夸夸她，得到表扬的小李就特别开心。可是到了夜深人静的时候，小李常常独自流眼泪，女孩儿本身就敏感、脆弱、更渴求情感的满足，她觉得爸爸、妈妈从弟弟来了后就没有真正关心过她，为什么弟弟来了，她的生活就不一样了，难道她不是爸爸妈妈亲生的吗？甚至她有了恨弟弟的想法，要是弟弟不在，她还是以前的那个她，还是爸爸妈妈的掌上明珠。她在心里无数次地默念：妈妈，请你看我一眼！

带着这样的情绪，小李艰难地度过了青春期，只有她自己知道这么多年是怎么熬过来的，她拼命地学习，就是想有一天可以逃离这个家，不用再看家人的眼色、不用再挨弟弟的欺负、也不用再讨好任何人。终于“皇天不负有心人”，她考上了大学、远远地离开了家，离开了那个让她伤心的地方，离开了就再也不想回去了。尽管家人跟她说：要想上学就自己去挣钱。因为家里的钱都要留给弟弟，要给弟弟盖房子，为了以后给弟弟娶媳妇。因此，她边上学边打零工挣钱，除了学费和日常开销外，她还存了一点钱，尽管很辛苦，她却觉得开心。

可是近两年她渐渐不爱吃东西了、厌食了，看什么都没有食欲。其实这个症状从她青春期的时候就有了，只不过不太明显，偶尔才会表现出厌食的情况。她也不知道到底是怎么回事，也没有跟任何人说过，她知道说了也不会有人在意。刚开始的时候只是没有食欲，后来慢慢地看到饭菜就难受，这种表现在她上大学的时候达到了顶峰，尤其近 1 个月越来越严重，甚至每天只喝点饮料和水。一次妈妈想问她要点钱，就去学校找她，这是她离开家后两年母女第一次见面。妈妈直奔主题，并不曾问她怎么瘦了。她本来想跟妈妈说，可是看到妈妈的态度，话到嘴边又咽了回去。随着身体日渐消瘦，她感觉越来越无力，于是在同学的强烈建议下才来到了医院。

事情很严重，鼓励她进食的同时，加强了静脉营养支持，但是收效甚微。精神科医生也反复跟她沟通，但是“冰冻三尺非一日之寒”，这个需要时间来消化她的情绪、需要过程来平复她的内心，要想做到真正与家庭和解、与父母和解是很困难的。经过反复地心理疏导，小李姑娘渐渐好了一点儿，住了2周，体重长了4斤。她很开心，我们也是。在她住院期间，一直是同学陪在她身边，没有见到她家里的任何人，包括她的妈妈。

“你问我出生前在做什么/我告诉你/我在天上挑妈妈/看见你了/觉得你特别好/就想做你的孩子/又觉得自己 可能没那个运气/没想到/第二天一早/我已经在你肚子里了。”这是福建一个名叫朱尔的三年级学生，写的一首小诗《挑妈妈》，曾经爆红网络。每每读到这首小诗，我都会不禁落泪。每个孩子都是天使，也许他们真的曾趴在云朵上，认真地挑选着妈妈。他们挑中了你，然后丢掉天上舒适的生活和无数的奇珍异宝，光着身子、像个小乞丐一样来到你的生命里，他们只有一个想法：就是要全心全意地爱你。

每个生命都是珍贵的，每个孩子都是值得被爱的。不论先出生的还是后出生的，不管男孩儿还是女孩儿，都应该被平等对待。

“我只是想见您最后一面。”

（31）

这是我曾经会诊过的一个病人，95 岁高龄的老奶奶。基础病特别多，高血压、糖尿病、冠心病、慢性阻塞性肺病等，她已经住院有一段时间了，病情一度还算是稳定，但后来由于便血及呼吸衰竭导致病情加重。经过完善相关检查后，考虑便血的原因不能排除肿瘤因素，但是因为高龄和当前的病情无法行胃肠镜检查进一步明确。患者既往有慢性阻塞性肺疾病，呼吸功能本就比较差，此次消化道出血更进一步恶化了呼吸功能，导致呼吸衰竭的发生。

我走进病房看到老奶奶极度虚弱地躺在病床上，因为身材瘦小，整个人看着就好像嵌在床里面一样。扣在口鼻腔上的面罩，仿佛把整个脸都罩上了，她一口一口地、极度费力地呼吸着，对她来说需要用尽全力才能完成这一吸一呼之间的转换，神志状态也越来越差，已经从嗜睡转至昏睡了，大声叫她并不断地拍打着，模糊不清的声音才能从面罩后面传来，遥远、微弱……仿佛下一秒就再也不能发出声音了。其实近 2 天我已经间断地来看过她 3 次了，情况的确是越来越糟糕。

我们已经多次反复向家属交代了老奶奶的病情，她的主管医生说家属想再撑 1 天，因为她最喜欢的小儿子第 2 天就能从国外回来了，小儿子想见老母亲最后一面。

这样的病人及这样的家属我们也见过很多，有的亲人在外地、有的亲人在国外，不在身边的亲人中儿女是最多见的。其实老奶奶这种情况，医生很早的时候就跟家属沟通过，如果有想见的人尽早见，家属可能觉得没那么快，小儿子可能觉得他工作忙、回国一趟不容易，能拖一拖就拖一拖吧。但是疾病的发展变化不是以谁的意志为转移的，有时候非常迅速，甚至容不得有思考的时间。

要是积极治疗就把老奶奶转到 ICU 强化治疗，要是不积极就维持目前的治疗，基于目前老奶奶的疫情，不管强化治疗，还是维持治疗，只是时间长短的问题。因为小儿子还没到，所以家属就犹豫不定，跟家属交代病情时，家属只是点头表示理解，既不说积极抢救也不表示拒绝抢救。这种情况对于医生来说比较难做，家属没有表达明确的态度，治疗就很受限，不知道该往哪个方向走。我猜想此时的老奶奶一定是痛苦万分的，因为被疾病折磨得太难受了，可能就像电视剧中演的“求生不能、求死不得”的状态。

后来，老奶奶还是没能等到她最喜欢的小儿子，小儿子赶到时她已经带着痛苦离开了这个世界。小儿子趴在母亲的身上号啕大哭，还不时地捶胸顿足：“您怎么就不等等我，我只是想见您最后一面啊！”

作为一名 ICU 医生，由于看到过很多这种被疾病折磨的病人，所以我们自己对于死亡可能没有那么纠结，也没有那么执着。在私底下我们也会开玩笑地说：“以后生病了绝不抢救，就顺其自然。”然后就有人说：“你生病了，你就不能自己做主了，签字的人不是你。”是啊，当我们老了、病了的时候可能自己就做不了主了！

我们也特别能理解小儿子，很多年不见母亲，就想着能见这最后一面，而这最后一面也没见到，他心里肯定有诸多的遗憾和后悔。可是那么多个日日夜夜、那么多个分秒启合，他心里真正牵挂过他那95岁的老母亲吗？也许很多人会说，在国外不容易，也是没有办法的事。我认为这是冠冕堂皇的理由，孔子说：父母在，不远游。现在社会我们固然不能像孔子那样，可是不管如何远游，心里也应该有所牵挂，而这个牵挂就是母亲、就是家，人不管走得多远，都要像风筝一样，线那一边永远在母亲的手里。母亲在哪，家就在哪，心便在哪！

对于老奶奶，她可能比任何一个人都想见到她的小儿子，孩子对母亲的爱远不如母亲对孩子的爱。也许她早受够了各种疾病的折磨，受够了各种不适侵袭的痛苦。她也想等到他，可是最终她没有办法再坚持下去了。

人们常说，人越老，越可悲。生来不能做主，离开时依然不能做主。生命有时是沉重的，有时又是轻如鸿毛的。我们究竟能否承受生命之重，能否承载生命之轻呢？

父母在，人生尚有来处

“树欲静而风不止，子欲养而亲不待。”这句话相信所有的人都耳熟能详。这是一种最无奈的表现，也告诉我们孝顺父母要趁早，不要因为距离的遥远就中断了真情；不要因为工作的繁忙而遗忘了真情；不要因为奋斗的疲惫而忽略了真情。趁时光未老、趁父母健在，常回家看看。

（32）

我曾经主管过一位 VIP 病人，84 岁的老奶奶，她的脾气虽然有些古怪，但人很善良，工作认真、沟通交流也比较顺畅。相处的时间长了，觉得老奶奶还有一丝可爱。老奶奶是航天院士，年轻的时候总带队去卫星发射基地进行实验任务，尽管现在年纪大了，也还全国各地去开会、进行学术交流。我对她很尊敬，因为她是伟大的航天人，沿着中国航天的脉络，她见证了一代代航天人的希望和梦想，正是他们这样甘于奉献的航天人，才托举了我们国家航天事业的跨越和发展。她是国家航天的功臣，也是我国科技发展的功臣！

这位老奶奶看起来很年轻，尽管80多岁了，但是看上去就像60多岁一样，皮肤白皙，脸上的皱纹也很少，眼睛炯炯有神，口齿伶俐，思路清晰。每个化验结果我们都会详细地给她讲解，她很认真地听，有时候还会列出几条建议，跟我们探讨看看有没有可以改进的地方。这是典型的理工科思维和做法。她很喜欢音乐，有时查房的时候，还会跟我讨论歌曲和歌手，哪首歌曲好听，哪个歌手不错，等等。因为我不是很在意这些，有的我知道，有的我不知道，知道的会跟她谈论谈论；不知道的，就会附和着她，也会夸赞她厉害、懂得真多。她听到夸赞、表扬，开心得像个孩子一样。

老奶奶其实是个孤独的人，老伴儿去世了，她的儿子、女儿都在国外，身边只有一个司机，平时也没有能说话的人。所以每次查房，她都会和我们聊上一会儿，有时候还会聊很长时间，而且多数情况下是自顾自地说，可能只是想表达一下自己的感受而已。除非在特别忙的情况下，我一般不轻易打断她，我知道她是需要宣泄的，尽管我是一个陌生人，但也能略略缓解她心里的孤独。每每提到老伴儿、提到自己，她总是眼含泪花，一次她说自己就是在飘荡，虽然不是流浪，但是在不断地飘荡，所以她寄情于工作。她的床上总是摆满了各种资料和书籍，我想也许这是能慰藉她心灵的最好方式了。提到他的儿子和女儿，她就很高兴，她还保留着儿子和女儿从小学到大学得的每一张奖状，虽然已经泛黄，但是保存得很完整。她骄傲地讲述着儿子和女儿的故事，并说她做的最让她后悔的一件事情，就是让女儿出国，如果女儿能在身边该有多好。说着说着就开始感伤了。

家人不能陪伴，曾经的亲朋好友也不在身边。她内心其实渴望有一种沟通和交流。其实我们每个人都是孤单、孤独的，每个灵魂可能也是黑白的，正是有了家庭、亲人、朋友、同事，我们相互沟通、相互交流，生命才有了色彩、有了力量，才会显得五彩斑斓。

这让我想起来另外一件事。我怀孕的时候去医院产检，是妈妈陪着我去的，检查完了我们到医院旁边的小面馆吃饭。桌子对面独自坐着一位白发苍苍的奶奶。我和妈妈边吃饭边聊天，那位奶奶就问："你们是母女吧，你来陪妈妈看病？真好。"我和妈妈还没搭上话，她就自顾自地说起来：她今年已经88岁了，去年老伴儿去世了，家里就剩下她一个人，她有两个女儿、一个儿子，分别在美国和澳大利亚，都是高知分子。说到家里只有她自己时有些黯然神伤，说到她的儿女时明显看到她脸上的骄傲和自豪。还说她不缺钱，也不需要儿女的钱，儿女自己过得好她就好。但是我还是能明显感觉到，她很羡慕我和妈妈在一起。其实没有哪个父母不希望儿女能陪在身边的，特别是母亲，对孩子的爱超越了一切。但是又不得不向现实妥协，因为他们更愿意看到儿女生活幸福。

（33）

有一位老爷爷，已经90岁了，是清华大学的退休教授，老伴儿去世了，家里有个保姆照顾他。其实老爷爷平时身体特别好，就连感冒都很少得，别看这么大年纪了，每天还坚持在校内遛弯，在家看书、写文章、著书，有时候也会受邀给学生讲课。他很热爱自己的工作，把工作看成是他终身的事业。他培养的学生很多，不乏各行各业中的翘楚，每到节日或者他的生日，学生们都会来看望他，倒也不觉得孤独。

这次住院是因为前几天感冒了，开始的时候症状不重，保姆劝他去医院看看、开点药吃，但是因为最近他在忙着一本书的翻译工作，他想着尽快弄完再去。结果症状就加重了，开始发烧、不断地咳嗽，这才被送到了医院。来院后一查情况比较严重，诊断“重症肺炎”，这么大年纪了，虽然平时身体还算不错，但是一旦生病，可能就是大病。所以跟家属交代病情比较重，需要家属签字决定，如果病情再次加重，要不要进行有创抢救和治疗？但是他的家属只有一个弟弟，我们很好奇：孩子呢？弟弟说：他有两个儿子，都在美国，一个是麻省理工的教授，一个在世界 500 强企业任高管，我们特别敬佩老爷爷能培养出这么优秀的孩子。听说父亲病了，两个儿子也着急想回来，可一是太远不好回；二是太忙，老大忙着弄科研项目，老二忙着搞公司运营。所以，短时间内两个儿子都没有办法回来。而且弟弟问过老爷爷的意见，老爷爷说不用儿子们回来，让他们忙好自己的事情。弟弟说：两个儿子是老爷爷毕生的骄傲，逢人就夸，眼里满是骄傲和自豪。而弟弟的孩子就没那么“出息”，都在当地上班，普通得不能再普通。

子女优秀父母固然开心，但是远隔千里，在父母最需要的时候他们不在身边，在父母最难过的时候没人安慰，在父母最无助的时候没人帮忙。父母倾尽了毕生的心血去培养他们，到头来可能什么也没有，虽然父母不图回报、不计得失，但却也很可怜。

有人说，儿女分两种：一种是来报恩的，一种是来报仇的。报恩的就在身边陪着你，就像电视剧《人世间》中的周秉坤一样，一辈子守在父母身边；报仇的就是离开你很远，很多年你也见不到他，就像周蓉、周秉义一样。其实不管报恩的还是报仇的，都应该趁着父母在的时候，好好地孝顺他们、多点时间陪伴他们。因为“父母在，人生尚有来处；父母去，人生只剩归途”。

其实我一直在想，治病救人，救的不仅是命，还有灵魂的救赎。这让我想起看过的一部电影，虽然已经忘记了名字，但是主人公拯救灵魂的语言和行动，却深深刺痛着我。我们不是工匠，而是医者。不论面对疾病还是死亡，希望我们都能更从容、更勇敢和更无畏。

让生命能更快乐、更有意义也许才是我们最应该做的。

给生命一个拥抱

人类从来到这个世界的那一刻起，就在与这个世界建立连接。孩子可以勇敢地表达自己的喜怒哀乐，可以通过笑和哭来感受这个世界；慢慢长大，所有的情绪渐渐被隐藏起来，渐渐学会了逃避。我们害怕突如其来的磨难，我们害怕面对死亡、分离和痛苦，于是扭过身去装作看不见，以为这样就很安全。我们如鸵鸟般把头埋进土里，拒绝面对、拒绝接受、拒绝原谅，以为只要不爱就不会有痛。可是，在漫长而悠远的人生路上，我们渐渐忘记了自己最初的模样。我们拼命地工作、努力地赚钱，学会了圆滑、学会了口是心非，不再去共情他人，不再去耐心地聆听和沟通，任自己像个陀螺一样转个不停。以为这样就是生活，以为这样就可以很快乐。但是多少次，在午夜梦回的时候问自己：活着，究竟是为了什么？

有时候，我们需要停下奔波的脚步，听一听来自大自然的声音，看一看生命最本真的模样。有时候，我们需要静下心来，去跟最亲最爱的人沟通，去耐心聆听彼此内心的声音。有时候，我们需要摘下伪装的面具，面对最真实的自己，其实自己也很脆弱。也许只有当生命越来越短、当前方的路一眼能望到尽头时，我们才开始意识到，我们这一生追求的到底是什么。正是有了生命的诞生，才有了爱的蔓延。我们不断追求爱，却不懂得珍惜爱；我们不断寻找心灵的碰撞，却无暇耐心地聆听心灵的声音；我们想让他人无条件接纳自己，却对他人要求苛刻。我们不再将精力放在面对面的沟通，不再花时间去建立和培养感情。只是，没人可以独自存活，和他人、特别是和亲密的人之间的关系也许才是活着的最大意义。正如《最后 14 堂星期二的课》中所展现的一样："唯有经历了死，才明白该如何活。生命的意义在于沟通，在于寻求和爱的人之间的关系。"

"爱在左，同情在右，走在生命路的两旁，随时撒种，随时开花，使得这一径长途，点缀得花香弥漫，让穿枝拂叶的行人，踏着荆棘，不觉得痛苦，有泪可挥，也不是悲凉！”这不仅是冰心老人对爱的诠释，也是她对人生的理解。多数时候，我们可以拥抱他人，却唯独忘记了拥抱自己。拥抱生命、拥抱爱，因为爱就是一切的答案。

给自己一个拥抱，给生命一个拥抱，也给爱一个拥抱！

第 五 章

承受生命之重

人的一生要经历很多事情、面对各种突发事件，跟各色人等相识、相处。而在“生老病死”这四个字当中，哪一个字都离不开医院、离不开医者，对好医生的呼唤也一直没有停息过。“哪怕只有百分之一的希望，我也要尽百分之百的努力。”“人命至重，有贵千金。”每一个生命都是珍贵的，都是值得被尊重的，而医者就是承受生命之重的这一群体。

“医生，他还能活吗？”

ICU 是救治危重病人的地方，来这里的病人病情都相对危重，因此，家属就会问医生：医生，他还能活吗？作为医生，我们会跟家属详细、客观地描述病情，并随时沟通可能出现的病情变化，我们会尽全力让病人活，因为这是我们的职责！

（34）

70 多岁的张大爷，因为“三天不吃东西”来医院就诊。家属说最近有段时间走路不行、说话不太清楚，看东西也有些模糊。他常常说看不太清眼前的东西，家里人没有特别在意。后来有次吃饭时呛了一下，然后就把吃的饭都吐出来了，因为老人20年前得过脑梗，平常吃饭也会有呛的情况，所以家属就也太往心里去，但是从那以后他就不怎么吃东西了，最近3天，家属这才紧张起来，把老人送到医院，除了喝水，几乎没吃过其他东西。

老人偏瘦，肤色有些黑，因为脑梗后遗症导致左上肢不能伸直、肌张力偏高，左下肢肌力偏弱，看东西也得偏着头看。但是神志是清楚的，问答也基本上正确，生命体征除了外周血氧偏低一点（吸氧浓度50%的状态下80%—90%），其他还算正常。神经内科医生说，头颅CT似乎有新发的梗死灶，因为CT有时候表现得不那么典型，如果是新发的梗死灶，那梗死的部位可引起视野缺损，就可以解释老人偏着头看东西了。但是目前他的主要矛盾集中在肺部感染上，胸部CT提示双肺弥漫性斑片影，感染很重，于是就收入了ICU。入院前我们跟家属交代了大爷的情况，家属比较焦虑：这么重，还能治好吗？我们表示一定尽力，而且治疗也需要时间。

住院后，我们给他上了高流量吸氧（吸氧浓度60%），外周氧合可以明显改善（可以达到98%），我们发现他的炎症指标并没有明显升高，但胸部 CT 的感染表现却是非常严重的，而且有纤维化的改变，所以炎症指标和 CT 的表现是不相符的。所以，针对这种不匹配的情况，我们考虑他的肺部感染并不是我们常见的那种细菌感染所致。源头上我们推测可能有免疫因素掺杂其中，于是就完善了免疫、病毒等检查。不出所料，他的免疫结果出来后指向“干燥综合征”。追问病史，张大爷平素有皮肤干、眼干的表现。我们给予激素、抗凝、抗感染以及营养支持等相应的对症治疗，因为感染指标没有那么严重，所以抗炎力度不强，给了这些治疗后，患者病情好转得很快，氧合改善，生命体征稳定。第 5 天复查胸部 CT 较前明显好转，复查头颅 CT 较前变化不大，于是转到呼吸科继续治疗。其实我们是想多留他几天，再巩固一下会更好，但是因为家属想陪护，强烈要求转去普通病房。

转走的那天，家属特别开心：“大夫，谢谢你们，我们都觉得治不好了呢，没想到这么快就好了！”作为医生我们很高兴，也很有成就感。有些人，特别是老年人可能症状不是那么典型，这个大爷既没咳嗽咳痰，也没发热，只是表现进食不佳。所以遇到疾病需要我们打开思维，尽可能完善检查，才有可能找到正确的治疗方向。

（35）

一位58岁的大叔，因为“咳嗽、咳痰14天，呼吸困难5天”入院。这大叔常年抽烟，每天至少2包烟，抽烟后就会出现咳嗽、咳痰的表现。这次在2周前又是抽烟后出现的咳嗽、咳痰，所以他也没在意，以为像以前一样，扛两天就好了。直到5天前出现呼吸困难，而且进行性加重，他才意识到问题的严重性，急忙来到医院。

这位大叔肤色很黑，咳嗽得非常厉害，痰却不太多，自己觉得特别憋气，外周氧合也很低，刚来急诊不吸氧的状态下，外周氧合波动在40%～50%（正常人在95%以上，除了高海拔地区），吸氧后能稍提高，但仍很低（吸氧浓度50%的状态下最好85%）。大叔神志清楚，平时就爱抽烟、喝酒，也没有其他的基础病。但是心脏超声却提示肺动脉压是高的，心脏也是增大的，所以，他不是没有基础病，只是没有检查而已。因为他的病情很重，严重的呼吸衰竭伴肺部感染，为进一步治疗，收入 ICU。

入院后给予高流量吸氧（吸氧浓度 70%）后，外周氧合有所改善（可以达到 90% ～ 95%）。跟前文所述的那位老张大爷一样，他的炎症指标也不是很高，但是 CT 的表现却很严重，两者很不相符。而他的临床表现比老张大爷要严重许多，明显的呼吸窘迫症状。有了老张大爷的经验，我们便重点关注免疫系统方面的疾病。在经验性地给予激素、抗凝、抗炎等对症治疗的同时，完善了免疫相关的检查。给予治疗后，大叔感觉呼吸困难有所好转，但仍觉憋气，于是我们将激素的用量加大，调整治疗后他感觉好多了，不憋气、也不喘了，而且氧合也明显改善了，高流量吸氧浓度逐渐下调。免疫指标出来后，显示多项阳性，包括干燥综合征、狼疮等，因为化验有限，没能更进一步明确具体疾病。但是他免疫的问题是明确的，而且治疗非常有效。我们告诉他好转出院后，可以到大医院继续查免疫相关指标明确具体疾病。

6 天后复查胸部 CT 基本完全吸收。刚来的时候，家属十分焦虑："他能治好吗？要是治不好我们就不治了。"入院当天晚上又说："我们转院吧，去长春。"我们跟家属说他来院不到24小时，治疗需要过程和时间，当然如果家属想走，我们也不会阻拦，只是向家属交代了离院风险。患者本人不想走，他不想折腾，而且觉得我们治疗得挺好，他也感觉好多了，于是才有了后面显著的治疗效果。又治疗了两天后，大叔转到了呼吸科普通病房，他别提多开心了，家属也很开心，而我们更开心，因为又一个生命活过来了。

因为基础疾病、身体机能、个人免疫等情况的不同，即使同种疾病在每个人身上的表现也都不尽相同，所以，有些人表现得会很不典型。老张大爷还有干燥的表现，而大叔却什么表现都没有，遗憾的是因为条件有限，不能进一步完善检查进行明确。但总体治疗方向是正确的。我们发现，在临床中，越来越多的疾病与免疫相关，所以在危重病发病过程中，需要更重视免疫系统相关疾病，重视免疫因素在危重症中的作用。

“医生，我们不治了。”

疾病有时候进展迅速，来势汹汹，就是我们常说的“病来如山倒”，但是治疗疾病的过程又是需要时间的，“病去如抽丝”，而且对于药物的敏感性也跟病人的自身状态有关。同样的药物，有人治疗效果好，有人治疗效果就差。我经常跟家属说：治疗有效的关键在于，药物的起效时间以及病人对药物的反应程度。这需要时间观察，才能进一步明确疗效。

（36）

一位 38 岁的男性病人，咳嗽、间断发热有 40 多天了，后来因为出现逐渐加重的呼吸困难而入院。因为他在天津打工，所以曾在天津某医院住院，治疗 2 天后没有任何好转，就去了长春某医院。患者陈述长春那边的医生说是肺部感染，让他回当地医院输液。他回到家后在村卫生所输了两天液，感觉呼吸困难在加重，就来到了我们这边医院。

他人很消瘦，话说得多了就会感觉呼吸困难、就开始喘，间断咳嗽，但是没有痰，整个人看起来十分虚弱。外周氧合也偏低，于是我们应用高流量吸氧，高流量支持条件也很高。他肺部 CT 表现得非常重，双肺满是斑片状影及磨玻璃影，还有点纤维化性进展，可是化验检查提示炎症指标只是轻度升高。我们初步判断这又是一例非寻常致病菌导致的肺部感染。

我们详细询问病史并试图从病史中查找蛛丝马迹，刚来的时候他家属说他得了“不好”的病，我们很不解，后来化验报告梅毒阳性，HIV 可疑阳性，原来在天津的时候就是这样的结果，来我们这复查还是一样。他家属说的“不好”的病可能指的就是这个。他几年前离婚了，有个女儿跟爷爷奶奶生活，因为这个“不好”的病，所以家里人对他不是特别关心，甚至有点歧视。收入院的时候就说，先治两天看看情况再说，不好就回家不治了。结合他整个发病及临床表现，以及化验检查，我们考虑不能排除卡式肺孢子菌肺炎，于是我们调整了治疗方案，针对卡肺进行了经验性治疗。但是比较遗憾的是因为条件限制，不能进行有针对性的病原菌筛查。

调整治疗后第 2 天，他就觉得呼吸困难有所好转，应用高流量吸氧的支持条件也有所下调。我们很开心，当没有更进一步的检查检验证据时，往往经验性治疗就显得尤为重要，特别是在基层医院。正当我们觉得一切都在往好的方向发展时，他家属却要求出院，说最近治病花了很多钱，实在没有钱再花了，而且他那“不好”的病也治不好。我们本来打算治疗几天后复查胸部 CT，通过影像学表现再进一步证明，但是没有机会了。我们不得不尊重患者及家属做出的任何决定，尽管感到非常遗憾！不管什么样的病人、什么样的疾病，作为医者我们都一视同仁，积极、努力地治病，并希望他们未来能有一个更好的、更有质量的生活！

（37）

有次去急诊会诊时，遇到一个因为“进食不佳 5 天”来医院就诊的病人，是一位 71 岁的老爷爷。家属说老爷爷最近 5 天都不咋吃饭，特别是近 2 天更是啥都不吃，就喝点水。我们问还有别的表现吗？家属说其他的表现就没有了，他也没说过哪里不舒服。问到有没有基础疾病时，家属也是否认，我们就猜到，不是没有，而是没有检查过。

在给老爷爷查体的时候我们发现，他有腹痛的表现，而且是全腹痛，手一碰到肚子就有明显的痛苦表情，而且整个腹部是很紧张的，这是明显的腹膜炎表现。对于这个情况，家属说不清楚到底是什么时候出现的。因为老爷爷的状态并不好，虽然能对话，但不是很清楚，而且对于自己身体的不适也不能很好地表达，整个人看起来虚弱无力。有时候问他什么，他努力地想说，张张嘴又说不出来什么。

因为目前问题集中在腹部，所以就完善了腹部 CT 检查，提示肠道水肿、腹主动脉狭窄，不能排除脾梗死。我们起初担心有腹部穿孔的问题，然而腹部 CT 并未看到，因此穿孔基本可以排除，外科会诊后也没有明确腹部的具体问题。因为他的血压偏低，炎症指标高、脏器损害严重，伴有严重的凝血功能紊乱。目前首要的是稳定生命体征，同时寻找病因，于是收入 ICU 进一步治疗。

入院后进一步完善了相关的化验和检查，胸部 CT 提示双下肺少许感染；双下肢血管超声提示全下肢动脉狭窄；心脏超声提示心功能极差、射血分数只有 20%（正常人至少应在 50% 以上）。外科医生说，如果他的心功能没这么差，稳定生命体征后可以进行开腹探查，看看到底是什么问题。但是他目前的状态根本无法耐受手术。我们在思考，疾病的根源究竟在哪里呢？

心功能差可能是个漫长的过程，因为他没有任何急性心衰的表现。他集中的、核心的问题在腹部，因为双下肢和腹部动脉都明显狭窄，我们又把焦点聚集在了血管上，又完善了免疫系统的一些指标，提示存在一定的免疫色彩。于是我们初步判定是因为免疫系统疾病导致的炎症或病变，但还需要进一步完善检查并进行经验性治疗，观察疗效。正当我们要根据治疗计划进一步完善检查和调整治疗的时候，家属却强烈要求出院，从住院到出院不足 24 小时。

我们在科里也讨论了这个病例，如果家属能积极配合治疗，真有好转的希望。因为入院后不到24小时，他的生命体征已经稳定，血压平稳、代谢纠正，脏器功能及凝血功能也在好转。当家属说他们不治了的时候，我们都感到特别惋惜，也曾试着劝说家属。但是家属说："医生，我们知道你们的好心，我们也想让他好，但是家里的条件真的没有办法了，谢谢你们这么负责任。"临走时还对我们表示感谢。每当遇到这种情况，我们除了感到深深的无奈，唯有一声叹息。

“我们还想再搏一把。”

生命很短暂，有时候在不经意之间，也许就走到了尽头；生命又很漫长，每天碌碌无为，好像还有大把的时间可以挥霍。但当真正面临疾病、面临死亡的挑战时，可能人的本能就会发出这样的声音：“我还想活着，我还想再搏一把！”

（38）

这是一位 60 多岁的大伯，因为“咳嗽、咳痰、发热 1 周”入院。大伯在入院前咳嗽、咳痰已经有 1 周的时间了，但是自己没有特别在意，以为就是小感冒。后来咳嗽、咳痰不断加重，特别是在夜里，甚至咳嗽得睡不着觉，近几天，他开始发热，体温高达39℃，而且他表现出了明显的呼吸困难，特别是活动后喘得更厉害。到医院后一查氧合很低（未吸氧时，外周血氧饱和度40%～50%），胸部CT提示感染情况非常严重。就紧急收入ICU治疗。

因为大伯平时有高血压、心功能不全，因为房颤做过射频消融，还因为心脏停搏放置过起搏器，所以基础情况不是很好。入ICU后先进行高流量吸氧，并强化抗感染、稳定心功能及脏器功能等治疗。第二天他感觉好些了，氧合情况也有所好转，虽然仍偏低，但总体趋势是好转的，所以我们就没有着急进行气管插管。根据损伤控制理念，能无创的时候别有创，以尽量减少创伤。但是到了晚上他病情再次加重，据说给家属打电话的时候情绪比较激动，打完电话就开始喘，而且越喘越厉害，表现出了明显的呼吸窘迫，不得已进行气管插管、机械通气。

插管后，患者氧合虽然改善得不是很理想，但其他炎症指标却呈下降趋势，体温也下降至正常范围，说明治疗是有效的，于是在强化治疗的基础上，我们给患者进行了俯卧位通气——通俗地讲就是趴着，以增加肺通气。俯卧位通气后患者氧合明显改善，我们也能下调呼吸机参数，病情总体好转。但是病情往往就在你看到曙光时可能会出现变化。他的感染再次加重了，表现为高热、炎症指标升高，氧合下降。因为病情重，他身上的管路也比较多——气管插管、深静脉置管、动脉压力导管等，所以我们高度怀疑导管相关性血流感染，及时将抗生素升级，并拔除可疑管路、重新置管。第二天，病人的体温便出现了明显的下降，氧合的情况也有所改善。但是因为病人的基础情况很差，所以后续的治疗可能会很长，也比较艰难，我们也很担心感染再次加重或出现其他的变化，那样治疗起来就会更加困难，他现在的情况就像走钢丝，就像在悬崖边上徘徊一样，可能一不小心就掉下去了。

我们把情况跟家属进行了详细的沟通，患者全家经过激烈的思想斗争和商议后，决定将大伯转到长春更高级别的医院继续治疗，因为科右前旗离长春最近。女儿说："他来医院的时候就说自己病得很重，说如果不行就去长春。"我们也充分跟家属做了沟通，讲了离院风险以及转运途中可能会发生的事情。家属很理解，说这也就相当于完成他的心愿吧，能好最好，不好也就认了。最后家属说："大夫，我们还想再搏一把！”我们充分理解家属的心情，也充分尊重家属的决定，在生命面前，任何事情都是小事儿。活着、好好活着才是永恒的生命主题！

当天夜里，家属便带着他离开医院，去了长春。但是，后来听说，他还是没能完成去长春的心愿，在距离长春不到 100 公里的路上，他就永远地闭上了双眼。说实话，我特别心痛，如果不走，虽然不能保证他一定会有多好的预后，但是最起码不会走得这么快。但是家属的决定我们又必须给予理解，并给予生命充分的尊重。

（39）

大伯的这件事，让我想起了另外一个病人，那是一位 80 多岁的爷爷，他的结局却是很好的。这个爷爷是因为“昏迷”住院的。他平时特别能喝酒，几乎天天、顿顿都要喝，血压高也不注意，因为他觉得没有症状就没事，酒该喝喝，药却从来不吃，家里人天天劝、天天说，可是谁的话他也不听，就认为自己没事，街坊邻里都知道他是个犟老头。

这次正在家里得意地喝酒呢，因为孙子考试得了第一名，他很高兴，那就喝点吧。喝着喝着，他觉得不太对劲儿，说很困，然后就叫不醒了，老伴儿赶紧打电话叫儿子。120急匆匆把他送到医院，到医院一检查：脑出血。因为出血量比较大，而且年纪又大，医生认为手术风险太高，于是跟家属沟通病情，觉得这个老头今晚可能就不行了。家属听后强烈要求进行手术，家属说："医生，我们相信你，他的情况我们已经知道了，但是我们很想搏一把，所以，你们医生尽管全力救治，风险我们家属承担。"并在手术同意书上签了字。

在家属的完全信任下，医生也放手一搏，给老人做了手术，术后转到 ICU。家属很好，对病情特别理解，对医生非常感激，对病人也很用心。老人闯过了术后的脑水肿关、感染关、器官功能损害关……终于，在 ICU 住了一个月后老人醒了。那一刻大家都特别高兴，家属更是激动得热泪盈眶，不断地说着谢谢。后来，老人恢复得越来越好，一年后，除了头上少了一块儿骨瓣外，其他跟正常人一样，没有任何后遗症。

有时候家属的信任真的非常重要。有位名人说过，患者不信任医生甚至和医生针锋相对，貌似患者取得了胜利，其实真正受伤害的还是普通老百姓。我相信，绝大部分医生都是有情怀、有理想的，都是有责任心和期望成功的，不仅给病人治好了病，还证明了自己的价值，这种价值感我想不是别的什么能够替代得了的。

面对危重病人，家属想搏一把，其实我们医生更想搏一把！

重视身体发出的每一个信号

在日常生活中，我们会出现各种不舒服的症状，比如头痛、恶心、呕吐、腹痛、乏力、发热，等等。当我们出现这些不舒服的表现时，其实是身体在向我们发出的求救信号，告诉我们应该及时、尽早就医。因为不是每一种症状都会对应每一种疾病，只有经过医生的详细检查后，才能明确，早发现、早诊断、早治疗，否则可能后果不堪设想。

（40）

王大妈是一位农民，家里的地很多，除了种好多粮食外还种了很多果树，比如沙果、苹果、梨等，王大妈的生活很忙碌，大部分时间都花在了种地上，因为老伴儿的身体不太好，儿子在外地，所以她是家里的主要劳动力。王大妈平时身体还不错，很少生病，有时候感冒、发烧也从不去医院，村里有个小诊所，她就去村医那拿点药，吃几天就能好。她有个老毛病，就是头疼，时不时地就会疼，每次头疼了，就去村诊所输甘露醇，诊所医生劝过她："你这总头疼可能有别的问题，应该到医院去查一查。"王大妈觉得输完甘露醇就能好，就随口说："我身体好，肯定没事儿。"

可是有一天，王大妈在果园摘果子的时候，头疼病又犯了，而且这次跟前几次不同的是眼睛也觉得不舒服，可是她并没有多想，直到干完活儿了头还是疼，她才来到了村卫生所。医生说别是得脑血管病了，万一脑出血了啥的就严重了，就劝她还是到医院去吧，王大妈不想去医院，就坚决让医生给输液，医生劝不动，没有办法就给她输了甘露醇，输完后她头就不疼了，王大妈很是开心：这不上医院也好了。

可是接下来几天，王大妈还是时不时就感觉头疼，眼睛也越来越难受，就每天去卫生所输甘露醇，输完就能好点，可是转天又严重。卫生所的医生多次强烈建议她去医院检查，王大妈也觉得总疼不是个事儿，于是就跟着村医来到了医院检查。

医生一查体，发现王大妈的眼睛特别红，测血压有点偏高，查了头颅 CT 并没有发现大问题。初步判断是：青光眼。建议王大妈到眼科去就诊，同时叮嘱她一定要监测血压。王大妈这种情况多数人首先想到的就是脑血管病，但她却不是，而是青光眼引起的眼压升高导致的头疼。

每种疾病不是只表现一种症状，一种症状也不是对应单一疾病，人体是个很复杂的精密系统，每一种疾病都需要鉴别诊断。现在网络如此发达，随便百度就能查到很多症状、很多疾病，医生看病一个很重要的意义就是在诸多症状、诸多疾病中，明确方向、一一排查，才能最后明确诊断、精准治疗。从这个意义上讲，医生有点像排雷士兵。所以，遇到任何疾病不要想当然，必须经过客观分析后才能得出正确结论。医生说幸好王大妈没再耽误，要不有可能眼睛都保不住了。所以我们一定要重视查体，重视身体给我们发出的每一个信号。

（41）

60 岁的张大婶也是个地地道道的农民，家里种了 10 多亩地，每天过着面朝黄土背朝天，日出而作、日落而息的生活，孩子们都已成家立业，老伴儿身体也不错，日子过得倒也平静、祥和。

张大婶平时有高血压、类风湿疾病，虽然每天都吃降压药，但是从来不监测血压，所以并不知道自己平时血压到底怎么样，类风湿多年也没有进行药物治疗。最近一年她总感觉腿没劲儿，走一段路两条腿就软软的，休息一会儿后感觉就会好点，而且近一年总是觉得口干、眼干，每天要喝特别多的水。因为没耽误吃饭、没耽误干活儿，她就没特别在意这件事，也没跟老伴儿和孩子提过。直到一天晚上她睡到半夜，突然觉得心里难受，然后“啊”的一声大喊，就什么都不知道了。老伴儿听到叫声吓坏了，赶紧掐人中，边掐人中边拍打她，大约过了 20 分钟，她才慢慢有了知觉。于是连夜来到医院。

到急诊一查心电图是阵发性室性心动过速，然后赶紧连上心电监护仪，并立刻抽血，就在抽血的过程中，张大婶又叫不醒了，心电监护显示心室颤动。医生急忙进行抢救：胸外按压、电除颤，除颤后，心律转复，张大婶才醒了过来。医生和家属都捏了一把汗。

血的结果很快出来了：血钾1.1mmol/L，重度低钾血症。紧急开通深静脉通路进行补钾治疗。随着血钾的回升，张大婶不适感慢慢消失。所以，这是由低钾血症导致的恶性心律失常。

一年多了张大婶为什么没来医院看看呢？她说："都是农民，哪懂那么多啊，觉得啥也没耽误，就没当回事儿。"的确，很多人觉得不耽误吃喝、不耽误干活儿就没事儿，即使有点问题想着扛扛就过去了，殊不知这种不在意、这种扛可能是会要命的。

所以，当身体出现不舒服的时候，一定要重视，不要硬扛，这是身体在向我们求救呢，告诉我们要赶紧去医院看看。张大婶这次是幸运的，补钾后很快好转，也没有再发生心律失常，我们叮嘱她出院后一定要到大医院去查一下低钾的原因，如果没有清楚病因，还会再有类似的事情发生，但是下一次可能就不会这么幸运了。因此，身体出现变化需要及时就医，避免出现严重的合并症或并发症，为治疗带来困难，甚至威胁生命。

（42）

我曾经去耳鼻喉科会诊过一个病人，一位不到 60 岁的阿姨，因为“发热 5 天”入院，持续发热，体温最高达到 39.5℃，伴畏寒、寒战，全身无力，服用退热药后体温可下降至 37.5℃，但基本没有降至正常过。体温下降后，她就没有任何不舒服了。几乎在发热同时觉得咽痛，颌下肿胀感、淋巴结也肿大。入院后查炎症指标稍高，考虑可能是颌下感染的问题，因为体温不降，其间曾多次调整过抗生素治疗，但是效果不明显，体温仍高，跟入院前比变化不大。至此，从入院前患者发热到我去会诊已经有 10 天了。

我详细地询问了病史，阿姨既往没有任何基础疾病，身体一向都还不错。此次入院，她的精神状态也挺好，面色红润，看不出任何病态，不发热的时候，跟正常人完全一样，颌下有肿大，但没有红、热、痛等表现，所以不像是炎症反应，结合炎症指标不是很高，调整抗生素治疗后无效，所以初步判断非感染性发热的可能性比较大。类为肿瘤标志物不高，也没有影像学的表现，所以可以基本排除肿瘤。免疫指标有个别异常，但因为免疫相关的检查不全，所以没有目标性的指向，但是存在一定的免疫色彩。转氨酶及胆红素有轻度升高，表明有肝损的情况，虽然肝损不是很严重。我建议进一步完善免疫相关检查，同时在诊断上考虑：如果排除肿瘤、排除感染及其他疾病，成人Still（成人斯蒂尔病）的可能性非常大，我建议加用激素治疗。加用激素后体温下降很快，咽痛等不适症状也消失，肝损情况明显好转。

这个病例其实在给我们提出警示，目前免疫因素在疾病的发生、发展中占据越来越重要的地位，免疫的影响也在疾病的进程中具有重要意义，特别对于危重病人，免疫功能的损害也很常见，在治疗中一定要考虑进行免疫调节治疗。对于这个病例，我们可以得出结论，不是所有的发热一定就是感染、炎症，也不是所有的炎症都会出现发热。所以对于不明原因的发热，一定要重视完善相关检查，特别需要进行免疫因素的相关检查，明确病因才能给予正确的治疗。我们经常说人体是个十分精密的系统，因为各个器官之间存在着错综复杂的联系，一个器官或系统出现问题后，经常就会像多米诺骨牌一样全部受累。有人不理解感冒怎么也会有生命危险，其实这种危险不是来自感冒本身，而是由感冒引起的一系列其他问题。

（43）

记得我在参加住院医师规范化培训的时候，一位老师讲，她第一天在急诊上班，就遇到一个特殊的病人，是一个 20 多岁的小伙子，在工地上搬砖，平时身体很好，同伴都羡慕他搬砖又多又快，他也觉得自己体力很好，连感冒都很少得。这次来看病是因为头痛。他说头痛已经好几天了，除了头痛就没有别的不舒服了，开始时以为是干活累的，还特意请了一天假，在宿舍休息了一整天，可是头痛还是没有缓解，一阵一阵的，有时候轻点儿，有时候重点儿，总之就是痛。他本来不想来医院，怕花钱，但是头痛已经影响到了工作，领导就劝他来看看，说不扣他的工钱。

听了小伙子的描述，这位老师仔细地查了体，没发现脑血管意外征象，说那就先查个血常规吧。可能有人会疑惑：头痛不应该查头颅 CT 吗，为什么要查血常规？当然头颅 CT 也要查，尽管年轻人急性脑血管病的可能性比较小，但是脑血管畸形导致出血的还不少，所以常规是要筛查头颅 CT。但是血常规属于最基础的检查，可以初步筛查出血液系统的异常，最常见的就是感染性问题，头痛也有颅内感染的可能呢。

很快，小伙子头颅 CT 结果出来，没有发现大的异常，但是血常规却提示白细胞异常升高而且高得离谱。尽管不能初步判定是什么疾病，但是异常升高的白细胞绝不能单纯用感染来解释，如果是感染问题，白细胞也会升高，但不会极度升高，这种情况高度怀疑是血液系统疾病。这位老师紧急联系血液科会诊，然后完善骨穿等检查，最后明确诊断：白血病。

所以，你看不是所有的疾病都像教科书中写的那么典型，也不像影视剧中表演的那么明显，有的就很隐蔽，只再现为某一个极不典型或容易被忽视的症状。这就需要医生仔细进行甄别。

（44）

有一次我在急诊出诊的时候，一位40多岁的中年大哥因为背痛过来看病。他说背痛大概有1周了，严重的时候疼得直冒汗，除了背痛，没有其他不舒服的地方，一开始在家吃点止痛药，疼痛能有所缓解，但是不能完全缓解，所以他就去门诊看了骨科医生。医生给他拍了片子，发现脊柱、骨头都没有问题，就给他开了贴的膏药。可是他贴了一天还是很痛，当天中午疼痛还明显加重了。因为中午没有门诊，这位大哥就来到急诊看病。

我详细地询问了病史，大哥平时身体很好，工作偏脑力劳动，有时候会忙，但总体强度不大，这次后背痛是持续性的、阵发性加重，没有恶心、呕吐，没有胸痛、胳膊痛等其他症状。在急诊有个不成文的规定，就是几乎所有的来诊患者，不论什么症状、什么原因，常规都要查心电图，特别是对于腹痛、胸痛、背痛的老年患者。别看心电图简单、便宜，但是在诊疗中有着十分重要、而且不可替代的位置，单单从心电图上诊断出的心梗就不计其数。因此，我就给他做了心电图，提示：广泛、大面积的心肌梗死，迅速收入抢救室治疗。后来心内科医生进行了介入、开通血管的治疗，并放置了2枚支架。患者预后很好，治疗1周、病情稳定后就出院了。

很多患者或者家属不能理解：查心电图有什么用？或者在急诊也经常能听到这样的声音：开点药得了，非要做什么检查，太麻烦了。我们的解释大多数人能理解，也有少部分人会埋怨。因为他们不知道这些检查其实非常重要而且必要，能初步筛查出很多问题，不查就会出现漏诊或误诊的情况。医生能承受抱怨、不满，但是不能承受生命之重。因为任何人来看病，就是把自己的生命交到医生手上，医生就要对这个生命负责，绝不能漏掉任何有关疾病的蛛丝马迹。

人的身体特别复杂，不是头痛医头、脚痛医脚那么简单，各个器官相互之间都是存在关联的，可能头痛的问题反应在脚上，也可能脚痛的问题反应在头上。在大方向不变的前提下，尽量完善相关检查是很必需也是很必要的。

所以，我们在日常生活中，出现问题，要及时就医，避免严重的合并症或并发症发生，为治疗带来困难，甚至威胁生命。

承受生命之重

生命之重是什么？可能有人说“天下熙熙，皆为利来；天下攘攘，皆为利往”。也有人会说“春蚕到死丝方尽，蜡炬成灰泪始干”。这个问题，仁者见仁智者见智。生命有时是漫长的，生命有时又是短暂的，生命有时轻如鸿毛，有时又重如泰山，对于医生来讲，生命之重的意义本身就是生命，就是敬佑生命！

当一个生命来到这个世界，是谁接住了婴儿的第一声啼哭？当一个人遭遇病痛的折磨，是谁站在身后拖住了死神的脚步？当一个人命若游丝的时候，是谁拼尽全力让他努力地活着？“苦中作乐”“披星戴月”“救死扶伤”，这是当医生的梦想和职责。

每一个生命都是灿烂的，都是独一无二的。自从脱离母体、呱呱坠地的那一刻，就开始了一个生命的旅程，人生有阳光雨露、鸟语花香，也有挥汗如雨、步履维艰，更有艰难困苦，忧愁悲痛。但是正因为有了生命，我们就在用生命滋养自己、也滋养他人，让自己更有生命力，也给他人的生命浇灌更多的营养。所谓生死，也许就是一念之间；所谓生死，有时候只隔着一道大门，这道大门就是ICU。医者奋力地拼搏才能让生命重新绽放、重新鲜活。许多时候，他们需要与病魔抢时间、跟死神拼速度。他们用行动诠释仁心仁术，“燃烧自己”是他们对这份职业最好的注解。医之术，师之德；白衣为甲，敬佑生命。“敬佑生命”是涌动在医者内心的一股清流，也是每个医者共同的心声！而敬佑生命就是以病人为中心。

医学是一门科学，离不开高精尖的设备、精湛的技术以及充足的知识储备，同时医学也不仅仅是科学，这里还散发着人性的温暖、光辉和对生命的敬畏。希望我们都能怀揣敬畏之心、让生命绚烂、辉煌！因为我们心之所向、敬佑生命，并努力托举起生命的希望、承担生命之重。

第 六 章

勇敢地告别

告别是一种心情，告别也是一种决定。“我和谁都不争，和谁争我都不屑，我的双手烤着生命之火取暖，火萎了，我也准备走了”，这是杨绛先生平静超然地和这个世界告别。

“我想再喝杯奶茶。”

奶茶，我想大多数女孩儿都爱喝，我也喜欢喝，特别是加了珍珠之后的，顺顺滑滑、带着茶的香、混着奶的柔，味道会在舌尖驻足，然后慢慢散去。但是有段时间我就不喝奶茶了。因为每次喝奶茶，都会想起那个清晨、坐在阳光下的她……

（45）

某天，早上交班后查房，看到一个白白净净的小姑娘，很可爱，扎着丸子头，就像邻家的小妹妹，她安静地坐在床上吃早饭，表情自然而平静，看不出一丝忧虑。这时刚好阳光透过窗子斜斜地照进来，投射到她的头发上、脸上及身上。我想如果不是在医院，真的是一副岁月静好的画面！

小姑娘前几天刚满 18 岁，发现白血病不到一个月，在外院就诊后初步考虑是急性早幼粒细胞性白血病（M3），但是骨穿结果不是很明确，需要再复查骨穿。虽然家里没什么钱，但是还想明确一下看怎么治疗。如果是 M3，化疗还有希望，而且 M3 存活率相对较高，不管怎样先确诊下来，然后再考虑怎么治。我们在门外轻轻地讨论着她的病情，因为不想打扰这一段好时光，也不想增加她对病情的焦虑。我们离开的时候，我又回头看了一眼小姑娘，在阳光下，她那么美，多美的年纪，多年轻的身体，却只能一声叹息！

病房里的医护人员都很喜欢她，还会时不时地跟她聊天，希望能宽慰、鼓励她。但小姑娘始终波澜不惊、安静且美好。后来，小姑娘发烧了，高烧不退，病情恶化得很快，各种指标都越来越差。她也不能再坐在床上吃饭了，而是躺在床上，看起来虚弱极了。她的样子好可怜，尽管知道她的病，但看到她这样，我们还是挺难过的。有一天，她跟护士姐姐说她特别想喝一杯奶茶，以前她也爱喝奶茶，却很少喝，因为一杯奶茶并不便宜，她还没工作、不挣钱，爸爸妈妈挣钱特别不容易，所以她舍不得喝，只有在重大的事情发生，比如极度郁闷或极度开心时才会狠狠心买一杯喝。护士姐姐听了很心酸，于是请她喝了一大杯奶茶，她特别高兴，极度享受、极度满足地喝着奶茶，可是我却看到了她眼角两颗豆大的泪滴悄悄地滚落下。

复查的骨穿结果很快出来了，不是 M3，是急性单核细胞白血病（M5），恶性程度高，前期需要化疗、后期需要骨髓移植，这无疑是一大笔治疗费用，跟家属交代病情后，妈妈特别难过、也很痛苦，妈妈表示不管怎样先治病，其他的再说。

隔了一个班，等我再见到她时，她在输注化疗药物，整个人的状态差极了，脸色苍白，没有一点生命力，仿佛一下子塌在床里，就再也起不来了。伴随着病情的恶化，她开始出现胸闷、憋气等症状，需要高浓度的氧才能勉强维持氧合，我们知道白血病细胞在一点一点侵蚀她的身体，她的生命也在一点一点地消耗。作为医生，必须跟家属明确交代病情，尽管这很残酷。她妈妈含泪说家里真的没钱了，连化疗的钱都是东拼西凑的，为了省钱她妈妈坚持转出 ICU，说去普通病房能省些钱，省下的钱就能多用些药，可是她目前的状态转出 ICU 是很危险的。

但是在一个下午，在她妈妈的强烈要求下，她还是转去了普通病房，因为血小板很低，后来脑出血了。她想让妈妈带她回家，妈妈经过痛苦的煎熬后也同意了，因为女儿跟她说，这辈子有幸成为她的女儿，她很知足，她想陪着妈妈再看一眼家乡，家乡的美好和小时候的故事她会永远记住，还让妈妈别伤心，她虽然生命短暂，但是她得到的爱很多，她也不想死在医院里。某个早晨，妈妈带她回了老家、回到了她出生的地方。临走时护士姐姐问她，回家想干什么啊？她勉强挤出一丝微笑：“我想再喝一杯奶茶。”

18 岁，正是花儿绽放的年纪，可是就在那个夏天，这朵美丽的花儿却凋零了。我想起泰戈尔的《生如夏花》，她一定生如夏花之绚烂，也一定会死如秋叶之静美！

后来的日子，我每每经过她曾经住过的那个床位，总能想起那个阳光洒落的清晨，那个可爱的、安静的、扎着丸子头、吃着早餐的美丽小姑娘，阳光洒在她的身上，美极了！

“我们不想让他再受罪了。”

生病很痛苦，特别是慢性病、危重病，患者可能神志不清，需要长期住院。不能回家，见不到亲人，身上又插了很多管路，呼吸依靠呼吸机，维持脏器功能依靠药物，因为长期卧床，还面临一轮接一轮的肺部感染。受罪吗？真的很受罪。

（46）

他 33 岁，在他小的时候，就患上了过敏性紫癜，后来病情加重累及肾脏，于是出现了紫癜性肾病。2 年前肾功能迅速恶化，肌酐升得特别高，而且一点尿都没有了，便开始了血液透析的漫漫长路。

3 个月前因为“胰腺炎”住院，当时病情很重，只能住在 ICU 进行床旁血液净化治疗，一是治疗胰腺炎减轻炎症，二是治疗肾衰。经过积极治疗后，病情好转得很快，在 ICU 住了半个多月后胰腺炎稳定了，就转到了肾内科进行常规透析治疗。在肾内科住了一个多月，病情再次恶化，急性胰腺炎转为慢性胰腺炎，胰腺假性囊肿、大量腹腔积液、感染指标明显升高、严重低蛋白血症。因病情危重再次转回 ICU 治疗。

再次见到他，他看起来已经非常消瘦、严重营养不良，如果不说年龄，看到他的人会以为他已经 50 多岁了，消瘦、羸弱、苍老，没有丝毫的生命活力，我们差点都没有认出他。转入后我们强化了抗感染、床旁血液净化、营养支持等综合治疗。病情逐渐好转，人也看着精神多了。其实从他再次转回来，我们就断定，他的治疗之路会很漫长，胰腺炎并发症没有解除，病情会反复，而且因为胰源性门静脉高压导致的腹水，使得蛋白漏出不断增多，他会处于越来越消耗的状态，还会有门脉高压导致消化道出血的风险。

真是怕什么来什么，就在大家觉得他的病情渐趋稳定的时候，消化道出血了。间断输血，并给予止血等对症治疗，但是出血并没有停止，血红蛋白还是间断地往下掉。因为有出血，做血液净化时就没法全身抗凝，在无抗凝状态下的血液净化治疗时间可能会很短，因为无抗凝很容易出现凝血的情况，如果血凝了就需要频繁更换管路，所以血液净化治疗效果就达不到理想状态。他的病情越来越重，医生反复跟家属交代了病情以及可能的预后。

因为病情十分危重，随时可能出现生命危险，他的妻子想见见他。于是在一个下午，他妻子见到了病入膏肓的他，此时，他已经被病痛折磨得面目全非了，妻子趴在他的身上放声大哭。我最怕这种场面了，往往会跟着落泪。妻子看过后，就跟他父母商量后续的问题。

最后，家人做了一个艰难的决定——回家。

他这些年一直断断续续地住院，特别是在透析之后，就经常光顾医院。这次从 7 月份开始住院，又住了 3 个多月。在普通病房时，都是他妻子陪在床前照顾他，吃喝拉撒全是妻子在弄，毫无怨言、不离不弃。这次病情加重，妻子看着他这样很是心疼，总悄悄地落泪。所以要把他带回家，让他再最后看一眼家，再感受一下家的温暖。

回家后不到1个小时，他就永远地闭上了双眼。妻子打电话到科里，感谢这么长时间医护人员对他的治疗和关照，说他走时没有痛苦，他走了也就不再遭罪了。我们相信在生命的尽头，他得到了温暖和拥抱，一定会走得平静而详和。

（47）

有一位70多岁的老爷爷，因为“脑梗死”入院，脑梗的面积比较大、位置也很重要，虽然治疗了很长时间，但是神志一直没有恢复，仍然处于昏迷状态。因为长期卧床导致肺部感染、呼吸衰竭。患者长期戴着气管插管，并需要呼吸机辅助呼吸，多次跟家属交代病情，因为目前病情无法拔管，长期带管会出现各种合并症或并发症，因此需要做气管切开，但是家属觉得在脖子上开个口不能接受，所以就一直带着气管插管，必要的时候再更换气管插管。

每天下午探视的时候，儿子都会来看他，大儿子和小儿子轮流来，家属很好，对于老人的病情也特别理解。像脑梗、脑出血这样的疾病，因为影响到吞咽功能或是神志不好，影响咳嗽反射，需要长期卧床，不能自主咳痰，人工吸痰又不能到达深部气道，因此痰液就会积聚在肺下部，导致坠积性肺炎的发生，每次发生肺炎，抗生素就会有所升级，因为长期应用抗生素可能有耐药情况发生。每隔一段时间就会出现感染加重、病情加重的情况，长期卧床的危重病人大多都会感染一轮接着一轮的发生。

在他住了大约 2 个月、病情加重几次后，我们再跟家属交代病情时，家属就拒绝了有创抢救及治疗措施。小儿子说："其实老爷子住院，我们家属心里都很难过，每次来看他，都觉得他太遭罪了，一次一次地加重、一次一次地抢救，如果他清楚，肯定也不想这样。虽然老爷子是公费医疗、单位全额报销，但是我们也不想再花国家的钱了，把好的医疗资源留给更多需要的人吧！"儿子的这番话，让我们打心眼儿里佩服。我们也特别理解，老爷爷这样也实在是挺遭罪的。看到儿子就能看到父亲、看到整个家庭，素养很高、格局很大，对于死亡，能够用一颗平常心、勇敢地去面对。后来，老爷爷走得比较安详，也算是解脱了吧！

（48）

在临床中，我们经常会遇到家属放弃治疗的情况，特别是对于年纪比较大、基础疾病比较多而且病情比较危重的患者。有一次值夜班的时候，有个“重症肺火”的80多岁的老奶奶感染加重、病情持续恶化。凌晨1点多血压维持不住，虽然升压药在不断加量，但血压就是没有任何反应，补液、纠酸、联合升压药、调整抗生素……都毫无作用。我站在床边，紧紧地盯着液体、盯着监护、盯着呼吸机、盯着尿量、盯着病人的反应情况……可是特别失望，虽然把能用的治疗都用了，但就是没有任何治疗效果。

充分跟家属沟通病情后，家属表示放弃后面的一切有创抢救及治疗，家属说老人这么大年纪了，年轻的时候也没少遭罪，既然已经快走到生命的尽头了，就别让她再受罪了。老奶奶最终还是脱离了我们奋力拽着的双手。其实对于80多岁的老人而言，就像家属说的未尝不是一种解脱。

我曾经站在病房的最角落，认真地看着病房中一字排开的床，以及一字排开的、躺在床上的病人，一样的体位、一样的呼吸机，不是气管插管就是气管切开，我突然感到一阵凉意，莫名的悲凉和伤感。在 ICU，生与死仅仅隔着一道门而已，前脚已经迈出生，我们还死命地拽着后脚，想让前脚走得慢一点、更慢一点……但有时放手也许也是一种救赎。我常常在想：当我面对死亡的时候会是什么样子？心里有千百个答案，却不是最后一个，因为没有人能预知明天要发生的事情。

对于医者，对每一个生命的逝去，我们都无比心痛，特别是年轻人的离去更让我们觉得遗憾。但是医学是科学，还需要更进一步的研究和探索，医生不是神，只是在治病救人这条道路上不断前进的人。在美国纽约东北的萨拉纳克湖畔，静躺着一位医学博士——特鲁多（1848—1915）。在他的墓志铭上写着："有时去治愈，常常去帮助，总是去安慰。"这句话也挂在我们 ICU 的墙上，在一进门最显眼的地方。100 多年来医学技术飞速发展，以往被认为的一些不治之症也被医学所攻克，但疾病始终在改变，新的病症不断出现，耐药也不断出现，比如新冠病毒不断变异的菌株。

由于疾病本身的复杂性，以及临床医学发展的局限性，医学并非万能，而且始终面临着挑战。但是想方设法拯救患者的生命是医者追求的核心价值。

我们尊重每一个生命，也尊重家属所做的每一个决定，我们希望在生命的尽头、在生命的最后时刻，看到的是平静、是祥和。希望每一个生命都能被善待，并永远活在爱与怀念里。

“多活一天就是赚一天。”

死亡是一件孤独的事。人生太短，美好的事又太多；未来很长，却又有着千万种不确定性。《最爱》中郭富城说，能活一天算一天，活一天就赚一天。这对我们每个人都是一样的——多活一天就是赚一天。

（49）

病房里曾经住过一位 102 岁的老奶奶，她是一位参加过长征的老红军，老奶奶是因为“肺部感染”入院的。这件事虽然已经过去多年，但是老奶奶的坚强、乐观和豁达却深深地印在了我心里。

老奶奶慈眉善目、和蔼可亲，自己能做的事情从不愿意麻烦任何人，需要别人帮忙永远都会说：辛苦你们了！在治疗过程中，老奶奶的病情一度加重，当跟家属谈到有创抢救及治疗的时候，家属完全尊重老奶奶的意见。老奶奶说："我生在一个不好的年代，到处兵荒马乱，日本人说来就来，战乱、饥饿、侵略……每天的日子朝不保夕，随时都会面临死亡，能活着就是万幸。"后来中国共产党来到了她的家乡，那年她才 14 岁，她想参军，部队却觉得她年纪小，不要她，她就软磨硬泡、一把鼻涕一把泪地述说着自己的种种不幸和遭遇，大家都很可怜她，就破例让她参军了。从参军那天起，她就天天高高兴兴的，觉得活着又有了希望，大家还给她起了一个绰号：小不点儿。从此以后，她就有了不一样的、崭新的人生。

后来她跟着红军长征，爬雪山、过草地……经历了种种磨难，但她始终没有掉队。她说自从她参加了红军，她才觉得生命真正有了不一样的意义，即使遇到再大的困难、再艰难的事情，她都能开心、勇敢地面对，还会时时鼓励身边的人。是党给了她不一样的人生、是党让她能充满力量地活着。所以能活到这么大年纪，她很知足，她不想再给国家添麻烦，所以如果病治不好了，也就不要再浪费医疗资源了，就留给那些需要的人吧！老奶奶说：“你们现在都生活在幸福年代，党有作为，带领全国人民共同发展、富裕，强大的国家就是人民的后盾，我们去哪儿都是腰杆挺得直直的，因为我们是中国人！”老奶奶最后说：“我们活着就要珍惜我们活着的每一天，每活一天你就开心一天，你就赚一天。即使有一天要离开了，也会不留遗憾地离开。”

老奶奶这番话让我们特别感动，直到现在，我在写这段文字的时候，依然眼泪在眼眶里打转。老奶奶经历了生活的磨难和沧桑，也经历了新中国成立后的奋进和激昂，所以更能参透生命、更能看淡生死。她的话“多活一天就开心一天，就赚一天”在我脑海里始终挥之不去。

我们努力治病，老奶奶积极配合，在我们共同的努力下，老奶奶度过了危险期，病情稳定后转到普通病房了。每每提到老奶奶，大家无不竖起大拇指，啧啧称赞。希望老奶奶身体健康，永远乐观、豁达！

（50）

从普通病房转来一位肝癌多发转移的老爷爷，头发花白，脸色暗沉，脸上沟沟浅浅地爬满了皱纹，深深的鱼尾纹嵌在眼角边，虽然只有60多岁，但是看起来像七八十岁的样子。我们猜想一定是病痛把他折磨的吧？

老爷爷因为心衰不能平卧，他就靠坐在床上大口地喘着气，呼吸很费力，因为肿瘤已经转移到了肺部、肾脏、淋巴结，甚至已经有了骨转移。其实他的日子不多了，但是家属没有告诉他实情，可能他还不知道自己的病情呢。

因为病情危重，伴有多脏器功能衰竭，需要行床旁血液净化治疗。在进行深静脉置管时，因为他不能平卧，只能坐着，于是我们在坐位下完成了穿刺。其实置管特别疼，两条腿又分别各置一根：一根血滤管、一根深静脉输液管，深静脉管比较细，但血滤管比较粗。可是在穿刺全过程中，老人始终表情坚定，没有表现出一丝痛苦，甚至没皱一下眉头。护士开玩笑地说：老人淡定的表现有点关公刮骨疗伤的劲儿。老人听后淡淡一笑：“我是军人，能扛。”因为坐位下穿刺有困难，所以一开始穿刺并不顺利，同事试了几针没有成功，于是就换我尝试。老人说这话的时候，我正在穿刺，眼泪差点流出来。所幸很顺利，没有让他承受更多的疼痛。

在我们的精心治疗下，老人的病情有所好转，已经能平躺在床上了，喘得也好多了。老人说其实他知道自己的病情，家人瞒着他，他也就装作不知道，而且他知道自己剩下的日子不多了，也不想让家里人为他伤心、难过。他说："人啊，这一辈子不容易，说长不长、说短不短，谁也不知道能活到啥时候，不管怎么样，多活一天就算赚一天呗。"他说因为自己是军人出身，脾气比较暴躁，妻子、孩子都很怕他，他在家里说一不二。年纪越大，就越觉得对不起妻儿，年轻时不该让最亲近的人伤心，现在连孩子都说他脾气越来越好了。他说："妻子对我很好，反而我总看不上她，现在回头想想，人家凭啥对我好啊，我又凭啥对人家挑三拣四的？其实啊，迷信讲究因果，我年轻时那样，老了才会得这样的病。"我们也不时地劝慰老人，让他不要多想，安心治病，同时又很敬佩他的坚强和淡定。真的希望老人的精气神儿永在，以一种坚强的、不服输的精神与疾病抗争！

不管是老红军奶奶，还是军人爷爷，都是我们努力学习的榜样，勇敢地面对我们生命中的每一天，谁也不知道明天和意外哪个先来，所以，多活一天开心一天、多活一天赚一天。每天早上对自己说：今天活着真好！

勇敢地告别

无论我们多么忌讳谈论死亡，它总有一天会来到我们眼前，就像再美的花终有凋谢的一天。“生命无论强大或脆弱，都会以特有的静谧或绚丽，让时间对峙荒凉。”我们的生命跨越千山万水后，终有一天会消亡，然而每一场告别的背后，都有我们曾经遇见的生命。

当沉重的呼吸一点一点变成弥漫的空气，当曾经的痛苦化作对疾病释然后的云淡风轻，生命以一种重新的姿态延续，虽然肉身离去，但是灵魂会住进我们心里，住进爱与怀念里，从未离去。就像前两年热播的电影《寻梦环游记》，探讨了生命的存在和意义。

那个坚强的、肿瘤多发转移的老人最后还是离开了我们。前一天情况尚好，已经能平卧，精神状态也好多了。

但当我第二天早上来时，却发现他的床是空的，我很诧异：人呢？说半夜突然不行了，人就走了。病情恶化得很快，从出现病情变化、开始抢救到离开不足2小时，也许在最后一刻，他也没有太受罪吧？！因为他是肿瘤病人，且已经多发转移，知道他的日子不会很多，但是仍然觉得突然，因为没有任何迹象表明他的病情恶化，但有时候病情的变化真的始料不及，也许一点风吹草动就是要命的。

记得我曾经也管过这样一个老人，基础疾病很多，高血压、糖尿病、冠心病都有。因为多脏器功能不全，在外院住了很多天，当时病情很危重，气管插管机械通气、血液净化等治疗都上了，后来病情相对平稳了，说来我们医院过渡一下，休养休养再回家。因为之前的病情特别重，所以，我跟家属交代的时候说：目前看着还算平稳，但是说不好什么时候病情就会突然急转直下，也会突然出现呼吸、心搏骤停的可能。这个病人是我夜班收的，隔了一天，我再来上班时，说病人早晨突然心跳骤停了，在进行心肺复苏。领导亲自出马跟家属谈，家属很理解：“我们刚来时，医生跟我们讲过所有的风险。”家属尽管悲痛，但也清楚，老人经历了那么多磨难，这样可能也就解脱了。但我们还是很遗憾。医学是科学，人是个精细的系统，一个器官出现问题，整个人体就像多米诺骨牌一样倒塌了。还好，他走的时候并没有特别痛苦。

我想起曾经热映的一部电影《滚蛋吧！肿瘤君》，相信大家对这部电影都很熟悉。

即将迎来 29 岁生日的青年漫画家熊顿，却接二连三遭遇了常人难以想象的打击：失业、失恋、疾病接踵而至……但是一向乐观开朗的熊顿并未被病魔吓倒和打败，她笑嘻嘻地调侃和吐槽周遭的人和事，一脸花痴般地望着英俊帅气的梁医生。她说："反正开心不开心都是一天，那就大摇大摆地活呗。"更重要的是，身处逆境的她身边还有父母以及一众好友的鼎力支持。所以无论生命的小船驶向哪里，她都不会感到孤独，也不会放弃，最后，她是笑着离开这个世界的。

当生命的流逝变得不可逆转，作为医者，我们能做的就是跨越生死，聆听他们内心的声音，聆听他们对生活的种种希望或绝望，在生命的尽头去拥抱他们，然后对他们轻轻地说一声：会有天使带领你们飞向天堂。

不管是病人还是身体健康的人，意志坚定、乐观积极永远都是我们追求的优良品质。有时候乐观的态度、积极的精神甚至可以疗愈身体的创伤。无论生命的终点是哪一天，都需要我们笑对自己的人生，珍惜和身边人相处的每一天。人终有一死，“死是一个结果，而怎么活着才是最重要的”，所以在有限的时日里，好好珍惜、好好活着。每天早上醒来，都要感谢一下自己：我还活着。其实，人啊，这一辈子活的是什么，也许就是一股精气神儿吧！

生命自来到这个世界，就赋予了它不一样的使命，它要感受世间的种种：美好的、悲惨的、希望的、失望的……感受成功、失败，感受光荣、挫折……然后才能走完这一生。这一生也许很耀眼、也许很晦暗，但开始和结局却是一样的。生命就是一场危险的旅程，在这场旅程中，要学习、要工作、要实现人生价值，还要面对各种风险和不测、面对人心的变换、面对世事的无常，杨绛先生平静、勇敢地与这个世界告别的态度值得我们每一个人学习。人生漫长，也很短暂，我们要记得生命的起源和生活的初衷。对于未来谁也无法预测，谁也不知道明天和意外哪个先来。于是告诉自己：放下执念，也许会活得轻松。放过自己、与自己和解，也是一种放生。看淡生活、看淡生死也许是生命的最高意义！

我希望每个生命都有轮回，在轮回里继续做父子、做母女、做夫妻、做兄弟姐妹，在每个轮回里都能让生命绽放！

后记一

感谢生命

生命似乎很神秘。什么是生命？生命的意义在哪里？生命的价值是什么？生命真正值得我们重视的又是什么？对于人类活动来讲，生命是我们永远探究的主题。

对于活着，每个人都有自己的哲学。为什么活着，每个人都有自己的困惑。

生命的过程是一个人赤裸地来到这个世界体验生活的全部过程；生命的意义不是记在纸上，而是刻在我们的遗传密码 DNA 上；生命的意义是一个解构人类存在目的的哲学问题；生命的价值在于拥有正确的人生观和价值观，取决于对生活的态度和认知。

生命不仅有长度，还有厚度。

在短短的人生中，我们会经历很多，有幸福、有痛苦、有平静、有波折、有坦途也有荆棘，但是不论有什么，都取决于我们自己的心境和态度。

每一个生命都有它的故事，每一个生命都会成为传奇。

从考上医学院校、开始接触医学至今已经有 20 多年了。我当医生，也是妈妈的决定，因为我从小似乎没有什么爱好，当初高中分文理科的时候，妈妈就想让我报考医学院校，我自己却偏向于文科，妈妈说我性格内向，还是有点技术的好，而且治病救人这件事功德无量。后来因为学医这件事，我还曾经埋怨过妈妈，因为我觉得医生太累了，没日没夜的倒班儿，还有不能理解的病人和家属。但是现在我感谢妈妈，是妈妈让我有机会接触了这么多的生命，让我能近距离地、更真切地感悟生命。这 20 多年来跟无数的生命相伴，一直秉承着治病救人的理想，并在这条道路上不断前行；这 20 多年来迎接了很多生命的诞生，也见证了诸多生命的陨落；也一直以自己的职业为傲，并越来越热爱我的工作，这将是我这一辈子的事业！同时我也一直在思考生命是什么。有人说医者是最能看透生死的人，我们在感叹生命转瞬即逝的同时，也在感动生命背后的故事。

毕业后最早从事急诊工作，急诊科是一个高强度、高压力和高关注的科室，急诊的特点是急：病人急、家属急、医生更急。后来转到 ICU 工作，ICU 同样也是高强度、高压力和高关注的科室，但 ICU 的特点是重：病人重、家属重（视）、医生更重（视）。不论急诊还是 ICU，都是最贴近生命的地方，在有一些人的想象中，ICU 只充斥着机器和冰冷，弥漫着死亡的气息，其实 ICU 也承载着人性的光辉，承载着生命的光环，承载着温暖和爱，除了生命陨落的无奈，我们更多的是让生命重新绽放、变得鲜活。

从医这么多年来，治疗过很多病人，也接触过无数家属，迎接过很多新生命，也见证过很多的生离死别。特别是第一次看到新生命的诞生、第一次感受到生命的凋零，都深深刻在我的脑海里。有人问我：你这么多年在医院接触疾病、面对死亡，是不是也就看淡了生死？其实我只是在看惯了太阳的升起和星星的陨落后，对于生命比平常人可能有点儿更多的感悟而已，特别是在生死一线的急诊和ICU。

我记得刚去ICU工作的时候，主任问我："你怎么看待ICU？"我回答："ICU是一个挽救生命的地方，更是我们展现成就感的地方。"其实那时候接触ICU的时间不长，对ICU的感悟没有那么深刻。现在我的回答是："ICU是一个勇敢面对疾病、生死时速的地方，是见证人性和爱的地方，也是一个勇敢与这个世界告别的地方。"一直以来，都希望自己能成为一个有温度、有情怀的ICU医生，也在这条道路上一直努力着！

这些年见证了太多的生老病死，对生命的感悟也越发深刻。特别是在内蒙古科尔沁右翼前旗人民医院帮扶期间，感悟更为强烈。科右前旗是个美丽的地方，人们勤劳、朴实、勇敢、善良，但是病人发病年纪普遍较轻，也不太注重自己的身体状况，不舒服的时候多数都是能扛就扛，扛不住了才来医院，到医院后往往就是危重的情况，治疗起来也会比较棘手。而且，因为地域、经济及其他多种客观因素，放弃治疗的也比较多，除了感到非常遗憾，更多的却是无力。在这里，让我更有时间、更近距离地接触生命、聆听生命、感悟生命并思考生命。我想把我这么多年关于生命的这些故事分享出来，纪念遇见的生命，思考生命的真相。希望我们每个人都能够珍惜生命、珍爱自己，不管面对什么困难都能更有生活的勇气，好好活着，绽放自己的生命之花，面对疾病、面对死亡也能更加从容、更加淡然，始终以乐观、积极、向上的态度去正视生命、勇敢生活。

人这一生很艰难，会遇到各种各样的困难和挑战，也会遇到各种疾病的侵扰。需要我们更加爱护自己的身体，并尽量与自己沟通、与自己和解，让自己的这一生活得坦坦荡荡、光明磊落。有人说生命是一场危险的旅程，因为随时会出现各种不能预料的变化；也有人说生命是一场绚烂的烟花，因为它会绽放最耀眼的美丽。生命不管是什么，在生命的过程中不论会发生什么，愿我们每个人都能做好自己、做自己生命的发光体。让我们更加珍惜眼前、珍惜现在，此生不易，好好珍惜！

人们常说：没事儿的时候不找事儿，事儿来了我们也不怕事儿。当有一天，真的面对死亡的时候，我们也能以一颗平常心去面对、不焦虑、不恐慌，因为这是每个人必经的生命过程。我们都知道庄子“鼓盆而歌”的故事，这是庄子生死观的一个具体体现。庄子认为，生与死同为自然现象，既然生死是人生中不可避免的事，既然生必然要转化为死，死也要转化为生，既然生有生的意义，死也有死的价值，那么人们对生死的态度就应该是坦然地面对它，安然地顺从它。在庄子看来，生是时机，死是顺化，人只有能够坦然地随顺生死之化，才算是真正领悟了生命的真谛。唯有真正、深切理解了死的必然，才能懂得和珍惜生命的欢欣和喜悦。

其实对于生死，真正有意义的是这个过程怎么经历，生命不仅有长度还有厚度，我们不能左右生命的长度，但可以延展生命的厚度。小时候我们都读过《钢铁是怎样炼成的》一书，保尔说：生命对于每个人只有一次，人的一生应当这样度过，当我们回首往事时，不因虚度年华而悔恨，也不因碌碌无为而羞愧。我们可以在有生之年真正做到乐生，做到顺应，做到让自己和亲人快乐，活好每分每秒。面对死亡的时候，有一份微笑的坦然，此生无憾！

人生难得，希望我们每个人都能心存光明，感谢生命。用心生活，云淡风轻地看待离别。我们不仅曾经拥有绚烂、耀眼的生命，也能跨越生死，让灵魂在爱和温暖中永存！

感谢生命，感恩遇见。感谢爸爸妈妈给了我生命，并赋予我生活的勇气和力量，支持和鼓励我不断学习、不断进步、不断成长。因为工作的原因，且孩子尚小，虽然我是医生，但是平时对爸爸妈妈的照顾没有姐姐妹妹们那么多，我内心十分愧疚，感谢爸爸妈妈的体谅。

感谢公公婆婆无微不至地照顾两个年幼的孩子，照顾我们小家。先生是军人，平时很少回家，我工作忙，家里的大小事都是公公婆婆打理，感谢他们为我们小家所有的付出，让我和先生能更安心地工作。

感谢先生，他不仅是爸爸、是丈夫、是儿子，更是一名中国军人。作为一名军人，他肩上抗的不只有我们这个小家，还有国家，正是有像先生一样无私奉献的中国军人，才有国家的安宁和祥瑞，他们是共和国的脊梁！也正是有他的理解和支持，才让我踏实工作，并努力做得更好。

感谢我的两个女儿，她们虽然还小，但是却给了我毫无保留的爱和赞美，我不能时刻陪伴在她们身边，心里很是愧疚，我会带着她们的鼓励和爱勇敢地飞翔。

感谢我的姐姐妹妹们，是她们对我工作和生活不断给予鼓励和支持，帮助我解答各种困难，特别是让我下决心去完成此书。在本书的创作中，她们提出了很多宝贵的意见和建议，让我始终不放弃。

感谢科右前旗，感谢科右前旗人民医院，感谢院领导和全院同仁对我三个月工作的支持和帮助，感谢马丹院长为本书作序，感谢医务科王志达科长对我工作和生活上的关心和帮扶，以及对本书提供的所有支持。感谢重症医学科郭凯主任、雷莉娜护士长、孙国富、刘金龙、王治华、李爽医生及全体医护人员给予的关心和帮助。本书有很多故事发生在这里，也是我献给科右前旗的一份礼物。感谢在兴安盟挂职的杨军昌副秘书长、在科右前旗挂职的云峰副旗长、章军焰副院长等所有挂职的朋友，让我们为友谊干杯。相信种子、相信岁月，我坚信科右前旗的明天一定会更好，科右前旗人民医院的明天一定会更好！

感谢一路走来，我尊敬的师长和领导，感谢航天中心医院，感谢 ICU 薛晓艳主任对我无尽的帮助、支持、鼓励和信任，感谢薛主任为本书作序。感谢饶芝国主任、感谢冀利超护士长温暖和鼓励的话语，感谢我的同事们。让我们继续共同努力，因为汗水浸湿的地方一定会开出花朵！

感谢中国人民解放军总医院第四医学中心重症医学科何忠杰主任，我们的相识源于急救，源于何老师倡导的“白金十分钟”，感谢何老师的推荐语，一直以何老师为榜样，希望像何老师一样做对社会有贡献的人。感谢阜外医院 ICU 陈祖君主任、感谢北京大学第三医院王春勇老师、感谢央视李春美老师的推荐语。感谢大家的支持和鼓励。

最后，感谢研究出版社领导的信任和支持，让本书出版与广大读者见面。感谢编辑张琨老师，感谢张老师为本书赋予的有意义的名字——《人生难得　你很值得》，感谢张老师全程耐心、细致、认真、负责地为本书所做的、所有的辛苦付出。

是所有关心我的人给予了我无尽的帮助和爱，让我更有勇气地工作、生活，让我把这些生命背后的故事分享出来，希望这些故事或多或少给我们一些人生的启示和启迪。人生难得，我们值得生活在这充满烟火的人世间！

后 记 二

怀念爷爷、奶奶、姥爷和姥姥

在我完成这本书的时候，我想到了我远在天堂的爷爷、奶奶、姥爷和姥姥。想到他们，我的眼泪止不住地往下流，回忆把我带回到那冰天雪地、寒冷刺骨的黑龙江。

我的爷爷

首先说一说我的爷爷。我的爷爷去世得比较早，在我不到 8 岁的时候，爷爷就走了。我印象中的爷爷高高瘦瘦的，不善言辞、不苟言笑。爷爷在村里的大队打更，还负责做饭，当时记得爷爷烙的油饼特别好吃，那时候没有白面吃，吃的都是玉米面。有时候乡里的领导去大队检查工作，赶上午饭时间，爷爷就会给他们做饭吃，偶尔剩下的油饼爷爷不舍得吃，就带回家给我们——他的孙女们吃。我们家 6 个姐妹，尽管爷爷奶奶特别想有个孙子，但是对我们这些孙女也一样地疼爱，有好吃的都不舍得吃，留给我们。因为我们姐妹多，就分着吃，每人吃一小口儿，就觉得是人间美味，特别幸福。到现在，想起爷爷烙的油饼，还有幸福的味道在舌尖。

爷爷爱喝酒，一喝酒就喝很长时间，奶奶很烦爷爷这样，喝起酒来没完没了，用奶奶的话就是说：迂磨黏谈，我理解就是磨磨叽叽的意思。爷爷喝酒之后就会向我们展示他腿上的伤疤：当年打日本鬼子的时候，一颗子弹永远地留在了他的小腿里。所以每到变天儿的时候，他都会觉得腿疼。我们有时候也缠着爷爷给我们讲讲他以前打鬼子的事情，爷爷就绘声绘色地讲起来，我们用崇拜的眼神看着爷爷，爷爷就是我们心中的英雄！

奶奶的身体一直不太好，一年要住好几次院，那次奶奶又住院了，爸爸在医院陪床。晚上爷爷从大队回到家，问了奶奶的情况，其实医院已经给家属下了病危通知，妈妈怕爷爷上火就没对爷爷说实话，可是爷爷却自言自语地说："怕这次过不去了。"于是就照例坐在桌边喝酒，妈妈在忙活家里的事情，因为奶奶住院，爸爸不在家，家里的事情都压在妈妈一个人身上，还要照顾 6 个不大的孩子，当时大姐也才只有 14 岁，而妹妹只有 5 岁。爷爷喝着酒，突然就趴在桌子上不动了，大姐见了，赶紧叫爷爷，爷爷没有任何反应，妈妈赶来急忙把爷爷扶到床上，并听到了爷爷很大的打呼噜的声音。妈妈赶紧跑去找同村的舅爷爷，因为舅爷爷会扎针，舅爷爷赶来边给爷爷扎针，边让妈妈去套牛车，说这得去城里的医院看。

连夜舅爷爷叫上表叔赶着牛车，就把爷爷送到了医院，一家和奶奶不同的医院，因为怕奶奶知道了以后病情会加重。因为奶奶的病情重，医院让家属准备后事，于是妈妈在家给奶奶做衣服。可是当晚，送爷爷去医院的表叔回来说，爷爷不行了，医院让拉回来呢。妈妈放下给奶奶做衣服的活儿，强忍着悲痛开始给爷爷做衣服，妈妈知道她不能垮，她垮了这个家就完了。当妈妈做到最后时，还差一件大褂，因为布不够了，不到凌晨5点供销社还没开门，舅奶奶说要不就算了吧，妈妈说因为家里穷，爷爷生前就没有一件像样的衣服，爷爷走了怎么都得穿得体面点。于是妈妈在凌晨5点钟足足用了半小时才敲开了供销社的大门，东北的冬天冷得刺骨，妈妈已经冻得手脚僵硬了，硬是求着人家卖给了点儿布，给爷爷做了一件大卦，让爷爷体面地走了。妈妈孝顺、心地善良，对待爷爷奶奶就像对待自己的父母一般。

我的奶奶

我的奶奶是个很场面上的人，爸爸同事去我家，奶奶都会热情地招待人家并跟人家唠嗑，人家都夸奶奶会唠嗑。别看奶奶没有上过学，甚至连自己的名字都不会写，但是奶奶却能讲出很多大道理，奶奶喜欢有文化的人，所以即使经历了带着爸爸逃荒的日子，也仍然让爸爸读书，爸爸才成了我们村里唯一一个拥有城市户口的人。

奶奶身体不好，慢支、肺气肿、肺心病。我印象中每天晚上在奶奶屋里的炕边上，都要撒上很多灰，就是做饭烧火留下的灰，因为奶奶晚上咳嗽得厉害，常常是咳嗽一晚上、坐一晚上，把痰吐在灰里，这样第二天容易打扫，不沾到土地上。奶奶胃也不好，不能吃硬的，当时吃的都是玉米面这种粗粮，奶奶吃不了粗粮，爸爸上班的时候，在城里给奶奶买白面、买馒头，妈妈就单独给奶奶做小灶：包饺子、擀面条，三姐不到 10 岁就会给奶奶包饺子了。有时候，爸爸买回来的馒头，妈妈看我们眼馋得不行，就把馒头皮揭下来分给我们吃，我们还能偶尔吃上馒头皮，可是妈妈一年到头就没吃过白面。因为奶奶身体不好，经常住院，住院的时候爸爸就请假陪床，家里的一切就都交给妈妈。

那一次，奶奶又生病，爸爸照例去陪床，奶奶病得很严重，就在妈妈给奶奶准备后事衣服的时候，没想到爷爷先走了，但是谁都没有告诉奶奶，直到奶奶出院。奶奶回家没有见到爷爷，就问爸爸妈妈爷爷在哪儿，爸爸妈妈低头不语，这时只有 5 岁的妹妹趴到奶奶耳边说：爷爷死了。奶奶吃惊地问：谁家爷爷死了？妹妹说：咱家爷爷。奶奶一看爸爸妈妈在抹眼泪，瞬间就明白了，奶奶也开始流泪，但奶奶很克制。爷爷奶奶生活了一辈子，也吵了一辈子，爷爷慢性子、奶奶急脾气，爷爷不善为人处世，奶奶人际关系却很好，他俩就是属于完全互补型的。爷爷走了，奶奶好长一段时间没能从这件事中走出来。

后来，因为爸爸的工作调动，我们全家从齐齐哈尔搬到了伊春，那是妈妈的家乡。本来妈妈是城市户口，嫁给爸爸、来到农村后就变成了农业户口。有一年大舅去看望妈妈，真切地感到妈妈的操劳和不易，所以就在大舅的帮助下，我们举家来到伊春，妈妈还有一个考虑就是：要我们姐妹 6 人都要上学，在农村去城里上学困难很大，来到伊春后，就能解决上学的问题。奶奶很通情达理，坚决支持爸爸妈妈的决定。

搬家后的很长一段时间，我们的日子过得十分艰难，全家 9 口人租住在一个 40 多平方米的茅草屋里，爸爸一人的工资根本不够家里的开销，奶奶还要吃药，于是妈妈就走街串巷地卖冰棍儿，当时的冰棍儿 5 分钱一根，卖一天也挣不了几毛钱，但是也能解燃眉之急。妈妈总是一分钱掰两半儿花、省吃俭用，正是有了妈妈的勤俭节约，有了妈妈的精打细算，我们全家才能熬过那段艰难的岁月，没有妈妈的辛苦付出，就没有我们全家的今天，是妈妈撑起了我们这个家！

一年冬天，奶奶又生病住院了，那年我 11 岁，奶奶病得很重，住了几天，医院就下了病危通知，然后没过几天奶奶就走了。当时因为还小，只记得好像是“肠梗阻”的病。爷爷走了，奶奶也走了，我们就没有爷爷奶奶了。有一次妹妹去同学家玩，回家就哭了，妈妈问她怎么了，她说她看到了同学家的奶奶，想到自己没有奶奶了，就很难过。

爷爷奶奶走得太早了，所以我对爷爷奶奶的印象一直停留在那个年代，有的还很模糊，妈妈总说我记事晚，可能还真是，有很多东西特别不清晰。多年以后，我似乎理解了妈妈为什么让我学医，妈妈说她从小的理想就是当医生，治病救人是积福积德的好事。我学医不仅跟妈妈的梦想有关，可能与爷爷奶奶的过早离世也有关，因为妈妈心里有遗憾，就是爷爷奶奶没有享福就不在了。

我的姥爷

对姥爷的印象是从 10 岁搬到伊春以后才有的。因为以前离姥爷远，小时候见过姥爷也忘记了。但是总听妈妈说姥爷很厉害，说姥爷不到 20 岁就当上了乡长，所以在印象中姥爷就是叱咤风云的人。

姥爷家以前在山东，当时国家政策要山东人民移民去开发北大荒，要离开生活的故土，去一个全新的、未知的地方，大家都不愿意去。姥爷作为领导，就主动响应号召，带领大家、带头从山东移民。姥爷在家里排行老二，上有哥哥下有弟弟，当时姥爷的妈妈还骂姥爷不孝顺，因为到了东北，就是远隔千里，再见面就很难了，没有哪一个母亲想让孩子离开自己。但姥爷说自古忠孝不能两全，就让哥哥弟弟替他尽孝吧。姥爷给他的妈妈磕了头，就毅然决然地带领其他人踏上了前往北大荒的路。那一年妈妈 12 岁。

妈妈说，那时候的东北是真冷啊，比现在要冷得多，大雪没过膝盖，有时候都能到胸口，山上动物很多，特别是黑熊还会时不时地出没。几百里荒无人烟，到这样的地方重新建立家园是何等艰难。姥爷性格坚毅、果敢，带领大家伐木、开荒，以林场为单位，进行居民安置。姥爷清正廉洁、铁面无私，从不占公家一分钱，有违法违纪的人，姥爷向来不留情面，亲戚找姥爷想让姥爷帮忙安排工作，也被姥爷一口回绝，为此，姥爷得罪了不少人。

姥爷在家里也是说一不二，姥姥、儿女没有不怕姥爷的，妈妈说只要姥爷在家，就没人敢大声讲话。就连我们都很怕姥爷，姥爷很严厉，很少笑，我们那时候都不敢跟姥爷说话。姥姥对姥爷的照顾也是无微不至的，那时家里穷，没有什么好吃的，孩子又多，所以但凡有好吃的，姥姥都留给姥爷，她和孩子们从来不吃。所以，妈妈说姥爷这辈子没遭多少罪，姥爷也算是高寿的，但还是因为疾病，最后离开了我们。但姥爷那种坚强、不服输的精神深深地留在了我的记忆中。

我的姥姥

我的姥姥是中国最典型劳动妇女的缩影。一辈子围着丈夫、围着孩子、围着家转，眼里全是别人，唯独没有自己。姥姥伺候了姥爷一辈子，也受了姥爷一辈子的气，从来不敢在姥爷面前大声说话，更别提争吵了，向来都是姥爷说什么，姥姥就听什么，姥爷的话就像圣旨一样。

姥姥性格内向，受了委屈也不说，总是打碎牙往肚子里咽。有一次，姥姥给婆婆炒香椿鸡蛋，因为香椿颜色比较重，看着鸡蛋就很少，结果姥爷的嫂子就跟婆婆说，一定是姥姥把鸡蛋偷吃了，姥姥在外面听到了，却不敢去辩解，然后跑出去大哭了一场，结果后来就得病了。妈妈跟我们讲这个事情，就是告诉我们有事了要说出来，要不会憋出病的。姥姥就是这样的人，一辈子委曲求全、唯唯诺诺、善良小心。姥姥有 6 个儿媳妇，6 个儿媳妇没有一个不说姥姥好，因为姥姥心里全是别人，唯独没有自己。

我们搬到伊春后，离姥姥、姥爷就住得近了，我还记得姥姥给我们买新衣服，给我们买好吃的。那时候我们家没有电视，一放假就跑到姥姥家去看电视，姥姥永远不烦，总是忙来忙去地照顾我们，给我们端水、切水果，到饭点了留我们吃饭。姥姥是裹脚，路走多了脚会疼，但姥姥却没有闲下来的时候，永远都在忙碌。每天去买菜，给姥爷单独做饭，给孩子们做饭，还给孙子、孙女们做饭。好吃的从来都留给姥爷，姥爷不吃了就给儿女。妈妈说姥姥这一辈子从来没享过福。

姥姥走的那一年，我在外地上学，爸爸妈妈已经在北京了，三姐陪着妈妈回去送了姥姥最后一程。妈妈说姥姥得的是心肌梗死，本来已经好了，病情突然加重就走了。姥姥给我的画面，永远都是她走来走去忙碌的身影。

姥爷、姥姥是我长大之后的印象，由于多年在外地上学，所以相处的时间也并不是很多，但是姥姥和姥爷的音容笑貌却深深地留在了我记忆深处。

关于爷爷奶奶、姥姥姥爷的故事很多，爸爸妈妈也跟我们讲述了很多。但是对于爷爷奶奶、姥姥姥爷的因病离开，我心里是有遗憾的，可能妈妈也是，所以才让我选择学医，为更多人治病、救死扶伤。他们患的都是常见病，如果现在，他们是不是就能活得更久一些呢？就能看到今天的盛世中国，就能感受现在的幸福生活了呢？

怀念我的爷爷、奶奶、姥爷、姥姥。

后 记 三

写 给 女 儿

我有两个可爱的女儿，大女儿4岁，小女儿1岁。

我去内蒙古的时候，大女儿不到4岁，小女儿11个月，她们的生日我都没能陪她们度过。我很遗憾，也很抱歉，我要感谢女儿，是她们给了我很多信心和力量，让我努力变得更好。

我去内蒙古前几天的时候就跟大女儿交代了我要出差的事情，她说妈妈你要出国吗，我说不是出国，只是出北京，当时也跟她说了妈妈出差的必要性和意义。但是真到了离开的那一天，她还是心心念念地跟我说："妈妈，你能别走吗？你能带我一块儿去吗？"她真的太小了。而小女儿更小，还不懂得离别。

这是我第二次长时间地离开大女儿，第一次是她不满2岁的时候，我去山西，离开家一个多月，她的2岁生日没能陪她度过。那时候她还更小，还不明白离开的意思，还不懂得不想跟妈妈分开。尽管我再回来时她已经有点陌生，但是过了一晚上她就恢复了。

这次离开的时间比较长。同事都说我很淡定，严格地说我还在哺乳期内，但是因为我的离开，不得不提前给小女儿断奶。其实我不是淡定，因为有很多时候、很多事情并不是以自己的意志为转移的，我沸腾的内心只是没有表现出来而已。因为我们都有一份责任，有一份理想和情怀，尽管有时候会产生矛盾，也会有无奈。

小女儿还小，她并没有表现出什么，我出门前抱了抱她，我知道不能过多停留，我怕她哭，也怕自己哭。大女儿跟着爸爸和爷爷来送我。在车上她睡着了，到机场后我把她叫醒了，她紧紧地攥着我的胳膊："妈妈你别走。"爷爷把她的手从我胳膊上松开，我下车后看见她在哭。我匆忙转身去推箱子。直到看不见车的影子了，我还呆呆地站在原地，眼里已经满是泪水。

从走的那天早上她就问我："妈妈你什么时候走啊？你能带我一块儿去吗？"我说："你要上幼儿园，妈妈没有办法带你。"她说："那我不上幼儿园你可以带我吗？"我说："你还太小，妈妈还得工作，没有办法照顾到你，等到你穿羽绒服了，妈妈就回来了。"她又说："那我现在就穿羽绒服，你还走吗？我怕你一个人走不安全。"我把她抱在怀里，努力平复心情："妈妈知道你担心，也会想妈妈，但妈妈不是一个人，会有很多同事照顾，妈妈也会想你，但是现在那里需要妈妈，有很多病人在等着妈妈，这是妈妈的工作，也是妈妈的责任，尽管妈妈非常不舍得离开你和妹妹。等你长大了，你们可能会出国上学、工作，也会有你们的责任和担当，也要离开妈妈，妈妈就在家里盼着你回来。”她说：“以后我当科学家了，也会有很多人需要我，也会离开你，但是我得给你做好饭，要不你饿死了怎么办？”我摸着她的头：“宝贝儿，我们每个人都有自己的工作，有自己的生活，有时候内心也有不舍，有纠结，甚至会有矛盾，有无奈的选择。但是，我们还有一份责任在。你长大了，也会像妈妈一样认真工作，你看爸爸经常在单位，不能回家，爸爸也想回家啊，也想陪着你和妹妹，但是爸爸的肩上还有国家，我们都要做对国家有用的人。”她似懂非懂，可是没过多久她又问：“妈妈，你什么时候走，你可以不走吗？你能带着我一块儿走吗？”她太小了，太需要妈妈了，可是这时候妈妈却缺席了。我跟她交代：要听爷爷奶奶的话，要早点睡觉，要好好吃饭，要听故事……我问她记住了吗，她点点头。她很懂事，让人心疼的懂事！

来到内蒙古后，大女儿每次打电话都问我：你同事呢？因为我来之前她说她担心我一个人不安全，我说我还有同事呢，所以每次必然会问我同事在哪儿。她问我什么时候回去，我说还有病人呢，不能回去，所以她必然也会问：你们病房有几个病人，走了几个，还剩几个。我想她还记着我说过的话，病房里没有病人，我就可以回去了。

有一天，幼儿园老师给我打电话，说大女儿这两天的情绪不太好，见到老师不爱说话了，也不太跟小朋友玩了，有时候就坐在那发呆。老师跟我说，她可能想妈妈了。我的眼泪喷涌而出，我拜托老师多多关照她，她很敏感，妈妈不在身边，她会觉得难受。尽管爷爷奶奶把她照顾得很好，但是这种感情跟妈妈还是不一样的，记得外甥女小时候，我问她："你以后跟四姨行不行？"她说："不行，我对你跟对我妈妈的感情是不一样的。"是啊，尽管她跟我最好了，尽管她妈妈出差的时候我总陪着她，可是再好都跟妈妈不一样。老师对孩子很好，跟我说会在幼儿园多陪陪她，我很感激老师，在幼儿园老师就像妈妈一样。第二天，老师告诉我她今天的表现还好，我就放心了不少。感谢幼儿园的周老师、张老师和曹老师对女儿的关照和爱护。

从内蒙古回京后因为疫情，为了安全起见在外面又待了一周，下了夜班后才敢回家。一进家门，大女儿看到我，高兴得手舞足蹈：妈妈，妈妈……小女儿怔怔地看着我，明显陌生了。我换掉衣服、洗漱完毕后过来抱小女儿：妈妈抱抱。她把手伸向我，我抱过她，她搂着我的脖子，头埋在我的肩头，一会儿起身看看我、啊啊地指指我的脸，然后又埋下头，过一会儿又抬头看看我。大女儿说：“妈妈，你把妹妹给奶奶抱着，你还没抱我呢。”我把妹妹给奶奶，妹妹直摇头，后来又抱了一会儿才给奶奶。我抱着大女儿，大女儿趴在我的肩上，说：“妈妈，我可想你了！”我轻轻拍着她的后背：“妈妈也可想你了。”这时小女儿看见了，伸手走向我：抱抱。我就一手一个、抱着两个。

大女儿说：“妈妈，你都抱不动我了吧？”我说是啊。她就从我身上下来了：“那你抱妹妹吧。”后来，我走到哪儿，妹妹就跟到哪儿。午饭的时候，妹妹让我抱她去卫生间玩水，一趟一趟的去，后来我说：“妈妈还有一口饭，吃完再抱你去好吗？”她点点头，看我吃完了，小手立刻就伸过来了。

下夜班回家后也没睡觉，抱完这个抱那个，第二天两个胳膊很疼，腰疼背也疼。晚上睡觉前，大女儿说：“妈妈，晚上我和妹妹都跟你睡，我相信你一定能弄了我们俩。”后来我说妈妈一人陪一天，大女儿说：“我要天天跟你睡。”晚上睡觉前给大女儿讲的故事，她抬着看着我："妈妈，你的声音真好听。"趴在我的肩上闻我的头发：有樱花的味道，特别好闻。感谢女儿的夸赞，让我如沐春风。

早上，大女儿睡着睡着哭醒了，我问她怎么了，她说做梦了，我问什么梦，她说梦到妈妈了。我知道离开孩子的时间太长了，虽然爷爷奶奶无微不至地照顾，但是毕竟和爸爸妈妈不一样，孩子虽然小，可是对情感的需求却不少。

亲爱的女儿，妈妈跟你们说声对不起，妈妈没能时刻陪在你们身边，你们感冒了、生病了，妈妈也没有办法陪伴你们，请你们原谅妈妈，但是你们永远都是妈妈的宝贝，妈妈永远爱你们。人生有很多事情要做，有很多的路要走，也有很多必须和无奈，你们长大了就一定会理解的。

亲爱的女儿，妈妈感谢你们，是你们给了妈妈最真切的表扬和赞美，是你们给了妈妈最真诚的关心和爱护，这是妈妈从未有过的幸福和欢欣。

是你们给了妈妈希望和力量，妈妈希望能成为你们的榜样，妈妈也会带着你们的爱勇敢地飞翔！谢谢你们，我亲爱的女儿们，妈妈希望你们健康、快乐地成长、长大！

也希望你们一直温暖、纯良，在人生的路上能走得坚定而从容，给予他人温暖和爱，也能收获更好的幸福，认真努力地工作、生活，好好爱自己，做自己生命的发光体！

妈妈永远爱你们！